Bloodlycan

A SAGA DOS IRMÃOS MOOL
PARTE 1

AMANDA SCOPEL

A SAGA DOS IRMÃOS MOOL
PARTE 1

2º edição
Amanda Scopel
Lages, 2025

Título:
BloodLycan: a saga dos irmãos Mool - parte 1

Revisão:
Autora

**Capa, Ilustrações,
Projeto Gráfico e Editoração:**
Amanda Scopel
www.amandascopel.com

Sinopser por:
Luciana Lima
By Editora Marotagem © 2016-2018

Impressão e Acabamento:
Letras e Versos
www.letraseversos.com.br

S422b_Amanda Scopel
BloodLycan: a saga dos irmãos Mool - parte 1 / Amanda Scopel.
2. ed. - Rio de Janeiro: Letras e Versos, 2025
Esta obra é uma produção independente.
Copyright [2025] by Amanda Scopel
Impresso no Brasil
Todos os direitos desta edição reservados à autora da obra.

1. Ficção e contos brasileiros   2. Literatura brasileira

Índice para o catálogo sistemático.
1. Ficção e contos brasileiros CDD B869.3
2. Literatura brasileira CDD B869

ISBN 978-85-924739-0-7 (1º edição brasileira)
ISBN 978-85-924739-2-1 (2º edição brasileira revisada)

2º Edição: Março, 2025
Amanda Scopel

Agradecimentos

Primeiramente gostaria de agradecer a Deus, a minha família por todo o suporte, a meu grande amigo escritor, Pedro Elefante, que me deu muitas dicas valiosíssimas sobre a escrita, junto de suas opiniões e sugestões acerca da história.

Sou muito grata também as minhas amigas Camila Espinosa e Jaqueline Mariano, pois suas opiniões foram muito importantes para o desenvolvimento e publicação deste livro.

Também agradeço ao Ricardo Abreu Caldeira, que me ajudou muito com sugestões e dicas sobre as localidades e nomes das mesmas.

Dedico este livro a todos vocês e serei eternamente grata! Muito Obrigada! ^__^

Ilustração representando a todos citados acima.

Sumário

CAPÍTULO 1
Os Mool's

Já amanhecia em Lakehaven — Alaska, quando Barbara entrou sorrateiramente no quarto dos filhos e escancarou as cortinas. Estava determinada a não deixá-los faltar hoje.

— Hey queridos, acordem!

— Que horas é mãe? — perguntou John tampando o rosto, devido ao aparecimento da luz da manhã.

— 06h, querido. — respondeu enquanto pegava algumas roupas espalhadas pelo chão. — E nem pensem em querer faltar! Já não foram na semana passada por causa da reunião dos professores. — foi até a cama do outro filho e sacudiu levemente o pé dele para que acordasse. — Allec, acorda! Vocês vão se atrasar.

— Hum? — Allec resmungou.

— Vamos, levanta. Você também John. — enquanto caminhava em direção à porta para se retirar disse: — O café já está pronto, não me façam voltar aqui hein.

— Tá bem... — resmungou os irmãos.

Barbara se retirou após vê-los se levantando com desânimo, mas presumiu que em questão de minutos estariam bem despertos.

Barbara Aniery Mool, como de costume sempre disposta toda manhã a preparar o pequeno almoço do marido, que saía às 05h30min para o trabalho e também preparava o café de seus filhos. John era o mais velho com 16 anos e Allec com 7. Ambos possuíam olhos que lembravam um lago calmo, espelhando um denso céu azul de verão, semelhantes aos da mãe, porém seus cabelos eram bem lisos e negros como a cor da escuridão, no qual herdaram do pai. Mas o que seus

pais tinham transmitido em comum a seus filhos, era um tipo de sangue especial. A linhagem da licantropia, que significava ser descendente dos lobos, que num passado distante adquiriram a capacidade de falar a língua dos humanos e também a se transformar em um deles. Com o passar do tempo, os que herdavam os genes passaram a nascer como humanos, mas mesmo assim se sentiam mais "confortáveis" em suas formas de lobisomens. Este tipo sanguíneo também proporcionava uma capacidade de cura mais acelerada do que o normal.

Os Mool's quando transformados, possuíam metade das características dos humanos e lobos, como um focinho e cauda, com o corpo coberto de pelos e de alta estatura*. Os dois irmãos eram cientes disso, mas nunca haviam se transformado. Seus pais diziam que cada um teria um tempo certo, não havendo uma idade exata para a transformação.

Às 06h20min todos estavam sentados à mesa tomando café. Após o término, os garotos subiram para o quarto novamente para pegarem o material. Barbara embrulhava os lanches deles para o intervalo quando retornaram, prontos para ir.

— Aqui. São seus lanches preferidos com patê de carne e maionese. — deu um beijo na testa de cada um e os acompanhou até a porta.

— Obrigado mãe. — John respondeu com um sorriso e se retirou.

— Obrigado mamãe, até mais tarde. — Allec disse indo em direção ao irmão.

— Até meus amores. — ela os observou se distanciarem e sumirem entre as árvores da floresta que os cercavam.

Escola de Lakehaven — Ensino Médio e Fundamental, 07h50min.

— Hoje a gente andou rápido, né maninho? — disse Allec com um sorriso.

— Concordo. — retribuiu o sorriso. — Vamos tentar bater esse recorde na volta, porque amanhã é sábado, uhuuu! — fizera um gesto triunfante com os braços.

— É! — disse imitando o gesto do irmão com entusiasmo.

Os dois percorriam uma longa caminhada até a escola de segunda a sexta, mas eles não se importavam, pois possuíam um metabolismo mais acelerado do que o normal e consumiam muita energia através de uma boa alimentação para se manterem saudáveis.

12h29min. John encontrava-se sentado na última carteira, com seu olhar fixo no relógio, localizado no centro da sala e acima da lousa. O dia escolar estava monótono e tedioso, como era de se esperar de toda sexta-feira, no qual os alunos não viam a hora do término da última aula.

O sinal tocou e todos se levantaram ansiosos para irem embora.

"Até que enfim!", pensou John se levantando e soltando um suspiro de alívio. Ele foi até seu armário para guardar seus livros, mas no ato foi pego desprevenido por alguns "valentões", que esbarraram propositalmente, fazendo-o derrubar os livros no chão. John abaixou para pegar os livros, mas ao fazê-lo sentiu uma queimação por todo seu corpo, como um formigamento, causado pela raiva que sentia naquele momento. Achou estranho, mas se segurou, fingindo que nada acontecia e apenas lançou um olhar ameaçador para o garoto que o importunava. Por um momento sentiu Jack acuado pelo seu olhar, mas que logo retomou a compostura de babaca e com um sorriso estampado no rosto, continuou seu caminho chutando os livros dizendo:

— Saía da minha frente seu perdedor!

— Seu esquisito. — disse outro garoto do grupo com um sorriso zombeteiro ao passar por ele.

John abaixou a cabeça se sentindo envergonhado e começou a juntar seus livros. Seu pai havia aconselhado para ele e Allec a não se meterem em confusão, pois naturalmente possuíam muito mais força física do que aparentavam e caso perdessem o controle, alguém poderia sair gravemente ferido. Lembrando-se disso, John se conteve e voltou a pensar no formigamento que teve há pouco.

Todos que passavam ao redor riam dele, mas isso não importava, pois seus pensamentos estavam distantes.

Allec caminhava pelo corredor naquele instante, quando avistou seu irmão catando os próprios livros e correu para ajudá-lo.

— Maninho o que aconteceu?

— Nada, eu apenas tropecei, não se preocupe.

Após pegarem todos os livros do chão e guardarem no armário, puseram-se a caminhar para fora da escola, e lá foram alvejados por alguns alunos sentados na mureta, que cochichavam:

— Olha só, se não é a maior dupla de caipiras de toda a terra! — e o grupo começara a rir maliciosamente.

— É não sei o que estão fazendo aqui, era para estarem carpindo junto de seus pais! — afirmou outro garoto do grupo e todos foram contagiados pelo riso novamente.

Os dois costumavam ser zombados pela maioria dos alunos que, digamos "não se interessavam em estudar" e iam para a escola apenas para matarem seus preciosos tempos com os colegas, matando aula, fazendo vandalismos, entre outras coisas, e isso tudo apenas porque moravam longe da cidade, em uma humilde e aconchegante casa. Os dois eram extremamente tímidos. John cursava o 2º ano e mal falava na sala de aula a não ser que seu professor lhe questionasse sobre algo. Allec estava na 2ª série do fundamental e era mais solto entre os dois na interação com os humanos. Até havia feito amizade com alguns colegas de classe.

Allec triste e constrangido foi encarar o grupo que zombavam deles, mas antes que fixasse seu olhar, John o interrompeu colocando sua mão em seu ombro e sussurrou:

— Ignore-os Allec. Eles são os perdedores aqui. — disse mantendo seu olhar firme no seu caminho para casa. Allec apenas acenou com a cabeça e ignorou o grupo de adolescentes.

Residência dos Mool's.

19h40min. Residência dos Mool's.

Charles Mool encontrava-se do lado de fora cortando lenha e já havia perdido a noção do tempo. Seus compridos cabelos negros grudavam em sua testa de pele levemente morena. Enquanto coçava sua rala barbicha, que lhe dava certo charme, analisou se a quantidade de lenha cortada era suficiente para aquela madrugada, mas teve seu pensamento interrompido ao escutar o grito de sua mulher vindo da janela da cozinha.

— Amor, o jantar já está pronto!

— Já estou indo querida!

Após a resposta de seu marido, Barbara levou a panela com os grandes pedaços de carnes até a mesa de jantar, localizada no centro da cozinha e pediu a seu filho, que assistia televisão na sala.

— John, por favor, vá chamar o seu irmão.

— Tá bem mãe. — respondeu enquanto levantava do sofá e desligava a televisão. Subiu até seu quarto e entrou lentamente.

— Allec? — perguntou hesitante, devido ao quarto escuro e não houve resposta. — A mãe preparou um jantar especial hoje... — olhou em baixo de uma das camas e perguntou. — Será que está aqui? Ou...

— Ahhhhhhhh! — gritou Allec pulando do armário em cima do irmão.

— Achei! — respondeu John se virando no mesmo momento e o pegando no colo, mas ambos caíram no chão rindo.

— Você está ficando bom maninho! — afirmou Allec.

— Um dia eu te supero! — respondeu John bagunçando o cabelo de seu irmão. — Venha, vamos lavar as mãos e descer.

— Estou sentindo um cheiro muito bom!

— É a culinária da mãe e o pai pegou um filhote de alce hoje.

— Ebaaaa, faz tempo que não comemos carne de alce! — disse passando na frente de John em direção ao banheiro igual uma flecha, pois a notícia o deixara animado.

— Verdade! Tivemos sorte de a manada migrar para cá outra vez! — John respondeu.

Os Mool's eram os únicos lycans que habitavam Lakehaven na época, mas eram pacíficos e agiam normalmente entre os humanos. Os lycans não atacavam humanos, exceto se fosse em legítima defesa. Em suas leis era extremamente proibido provar o sangue humano, pois a reação que surtia naqueles que desobedecessem, era um vício incomum como se fosse uma droga, tornando-os cada vez mais dependentes da carne humana. Além de tal ato podendo comprometer o segredo de sua espécie e a segurança de muitas famílias, porque viviam escondidos para não atraírem a atenção de caçadores. A punição para aqueles que cometessem tal traição era a morte. Também não tinham o hábito de se alimentarem de animais domésticos, exceto se a caça estivesse escassa e fosse extremamente necessário. Já a carne de alces era algo que um lobo jamais poderia deixar de comer, sendo estas suas favoritas, por isso a tal motivação de Allec.

Ambos desceram e caminharam até a mesa de jantar, seu pai arrumava a lenha ao lado da lareira e sua mãe finalizava de colocar a comida na mesa.

— Meninos lavaram as mãos?

— Sim mãe! — afirmou John sentando-se em seu devido lugar.

— Uhum! — respondeu Allec.

Todos se sentaram à mesa.

— Como foi no trabalho hoje amor? — perguntou Barbara servindo a todos.

— Foi ótimo e tive uma bela notícia! — afirmou Charles muito contente. — Novidade garotos, na semana que vem a empresa não irá funcionar, por causa de uma revisão que farão em todos os equipamentos, então... — Charles deu uma pausa antes de terminar a frase e sorriu para os olhares ansiosos dos filhos. — Poderei ensiná-los a caçar! — Charles olhou pra Barbara, que o encarava com um olhar de preocupação e lançou um olhar de "não se preocupe querida" e continuou: — Nós quatro! Poderemos derrubar um dos grandões!

— Que legal papai! — afirmou Allec animado.

— É, vai ser bom mudar a rotina um pouco... — John deu um breve sorriso e abaixou o olhar. — Eu não aguento mais fingir que somos iguais a eles.

— Não fale assim querido, eles aceitaram fazer um acordo conosco e em troca nos deixam em paz. — disse

Barbara se referindo aos humanos que sabiam de suas verdadeiras naturezas e viviam naquela região. Havia uma família de caçadores em Lakehaven, que eram pacíficos assim como eles.

Veio à tona as lembranças dos valentões e dos outros garotos que adoravam incomodá-lo, mesmo ele ficando sempre na dele. Sentiu um momento de raiva e disse em um tom alto: — Vocês confiam demais neles! Se eu conseguisse me transformar eu acabaria com todos!

— Abaixe este tom mocinho! Você sabe que não é bem assim que funciona...

— Sua mãe tem razão John, não podemos sair por aí nos transformando próximos deles, pois você não estaria colocando apenas tu em perigo, mas sim toda a nossa espécie! — afirmou Charles com um tom autoritário e sério fazendo John abaixar a cabeça novamente. — A maior parte deles é ignorante, me prometa que nunca se transformará ou contará o que podemos fazer a eles. Prometa-me!

— Está bem pai... — respondeu emburrado desviando dos olhares dos pais, percebera que seu irmão o olhava assustado. Pensando no quanto seria perigoso para Allec, jamais se perdoaria se algo lhe acontecesse, cessando assim sua raiva. — Me desculpe, eu prometo!

— Tudo bem filho... — Charles disse num tom de alívio, seguido de um suspiro e lançou um olhar para a esposa, que pensou praticamente a mesma coisa que ele: "Esta idade é complicada. Hormônios".

— Eu quero o maior pedaço! — disse Allec quebrando o silêncio entre os três.

Barbara Aniery Mool

— Nada disso! Eu trabalhei demais hoje e preciso repor as energias, além de que estou em fase de crescimento, então preciso do maior! — Charles afirmou ironicamente sorrindo e indo em direção à carne com o garfo.

— Vai sonhando pai, eu sou mais rápido! — afirmou John também direcionando o garfo ao maior pedaço.

— Aiii! — disse os três quase ao mesmo tempo de susto, devido ao barulho que Barbara fizera ao cravar o facão com tudo na carne, que também balançara todos os objetos na mesa.

— Sem injustiças aqui! Eu divido! — disse olhando para os três com cara séria, mas por dentro estava dando risada.

— Ok. — disseram os três em derrota se entreolhando com vontade de rir.

— Aprendam uma coisa garotos... Elas mandam! Nunca as deixem irritadas, senão se torna uma luta para fazerem sex... Aiii!

— levou um chute por debaixo da mesa de Barbara, que falou baixinho:

— Na mesa não Charles...

John soltou um riso de canto, pois sabia do que estavam falando.

— Fazerem o que pai? — perguntou Allec.

— Er... Fazerem... Semelhante prato delicioso como este! — afirmou rindo e coçando a cabeça.

— Verdade mamãe?

— É querido... Precisamos estar inspiradas para tal ato... — disse enquanto cortava a carne e colocava nos pratos, na vez de seu marido o encarou e lançou um olhar provocante. Charles lambeu os beiços e cravou os dentes de leve, retribuindo o mesmo olhar para Barbara, sem que seus filhos percebessem.

Charles Mool

— Bem, vamos comer! — Charles afirmou animado.

— Mas antes, eu também tenho uma novidade pra vocês... — Barbara fitou os olhares curiosos de sua família e continuou: — Em breve vocês dois terão mais alguém pra brincar... — disse encarando os dois filhos e em seguida o marido: — E você amor, vai ser papai de novo.

Houve um momento de silêncio e os três pareciam estar em estado de choque, até que Allec quebrou o silêncio.

— Vamos ter um novo irmãozinho?

— Ou irmãzinha! — completou ela. De repente foi surpreendida por Charles, que correu até ela em um abraço, chegando a levantá-la do chão, enquanto dizia sorrindo:

— Que notícia maravilhosa!

Os irmãos se entreolharam animados e se juntaram ao abraço familiar.

— Podemos ajudar com o nome? — perguntou John gargalhando, enquanto seu pai também o levantava do chão ao abraçá-los. Os pais concordaram e todos sorriram.

00h45min.

Todos da casa já dormiam, exceto John, que permanecia envolvido em seus pensamentos e meio impaciente, por querer mais que tudo se transformar e provar a si mesmo o quanto era superior aos humanos. Ainda deitado em sua cama, começou a farejar o ar, apenas como um treinamento, porque tanto para ele quanto para Allec, por serem muito jovens as habilidades de licantropos não funcionavam 100%.

Ainda de olhos fechados deixou sua mente vazia. Começou a inspirar e expirar lentamente o ar para ter certeza do que farejava. Era a primeira vez que fazia isto com total concentração, para que sentisse o cheiro de tudo ao seu redor. O primeiro odor que sentira fora o de seu irmão e logo em seguida sentiu o cheiro de seus pais, não deixou passar nada, até de coisas distantes como a brisa fresca do riacho que ficava próximo a sua casa. Outro aroma familiar invadiu suas narinas, mas não conseguia se lembrar de onde havia sentido tal odor. Focou neste cheiro e finalmente veio em sua consciência o que era, suor humano. Abriu os olhos assustado, pois estava próximo ao território de sua família. Levantou-se e caminhou até a janela, que se encontrava no final do corredor e próxima da escada. Abriu a janela e voltou a farejar. Ao longe dali, mesmo com as enormes árvores centenárias e densos arbustos presentes ao redor de sua casa, que obstruíam levemente sua visão, conseguiu avistar várias luzes que pareciam vaga-lumes, porém de uma tonalidade alaranjada. Por estar sonolento não tinha certeza do que via, mas logo sua mãe surgiu ao seu lado, sem que ele percebesse.

Barbara tinha sono leve e seu faro era considerado um dos melhores. — Também os farejou querido? — perguntou surpresa e orgulhosa, por seu filho estar desenvolvendo uma das habilidades que era rara de se ver antes da primeira transformação.

— Sim, parece que estão vindo pra cá mãe...

Ela cerrou os olhos por um momento e começou a farejar.

— Mãe?

— Droga... Estão mesmo vindo pra cá querido... E não são da região, devem ser caçadores!

John olhou assustado e hesitou em perguntar com medo da resposta. — Caçadores? Tem certeza mãe?

— Não posso confirmar, mas temos que nos precavermos, porque farejei muita prata junto deles.

— São Evis, não é? - perguntou e sentira um arrepio pelo corpo.

Desde há milhares de anos os lycans enfrentavam um determinado grupo de humanos, que descobriram suas fraquezas, façanhas que os ajudavam a identificar um lycan em meio à sociedade e como a exterminá-los. Estes tais humanos eram engenhosos e inventaram centenas de armas e balas especiais, capazes de acabar com uma alcateia inteira em questões de minutos. Mas estes humanos agiam de maneira cautelosa e sempre a espreita, se comportando semelhante aos lycans entre as pessoas normais, de modo a esconder o segredo de família, que era passada de geração para geração. Os únicos que tinham consciência da existência dos lycans eram somente os próprios Evis, que era como os caçadores eram chamados por suas vítimas.

— Não sei querido, mas acorde seu irmão! — disse Barbara indo em direção ao quarto dela.

— Está bem! — John se apressou até seu quarto. — Allec... Allec, acorda! — disse o cutucando de leve.

— Maninho?

— Sim, agora acorda Allec, estão vindo algumas pessoas prá cá!

— Hum? — resmungou esfregando os olhos.

— Eu os farejei!

— Sério? — Allec despertou na hora. — Que legal maninho... Sua transformação deve ocorrer em breve! Papai sempre fala dessas mudanças antes da primeira transformação.

— Uhum. — John sorrira triunfante, pois era o que ele mais desejava.

De repente viram Charles passar apressado pelo corredor até as escadas, vestindo um casaco no caminho.

Barbara parou na porta do quarto tentando demonstrar tranquilidade, para não assustá-los e afirmou: — Queridos, papai e eu vamos resolver um problema com os humanos, então, por favor, não saiam deste quarto até voltarmos, está bem? — os irmãos assentiram.

— Está bem! Mantenham as luzes apagadas. — e se retirou apressada ao escutar as batidas na porta.

Como todo adolescente meio teimoso, John foi até a

pequena janela, que ficava no corredor e ficou observando os estranhos lá fora conversando entre si.

— Maninho... A mamãe mandou a gente ficar no quarto! — afirmou Allec receoso, mas a curiosidade foi mais alta e seguiu seu irmão até a janela.

— Abaixa! — afirmou John escondido bem no canto e tentando ouvir alguma coisa, mas em vão.

Charles aguardava por sua mulher perto da porta de entrada ainda fechada e com as luzes do ambiente apagadas. Quando ela se aproximou, ele lançou-lhe um olhar de preocupação e Barbara assentiu com uma expressão de "tenha cuidado". Com o casal bem próximo da porta, a segunda batida na madeira os surpreendera. Charles sentiu sua esposa segurar sua mão esquerda, enquanto sua outra mão girava a maçaneta. Abriu lentamente a porta e observou a todos com um olhar desgostoso e caminhou alguns metros para o lado de fora da casa, junto de Barbara.

— O que vos trazem em nossas terras? — perguntou Charles para um grupo de oito homens, com quatro cachorros vira-latas enormes, aparentando estarem em busca de algum lugar para acampar e caçar algum animal no dia seguinte. Deviam estar andando há horas, pois eles emanavam um fedor horrível. O que aparentava ser o "líder" estava próximo, apenas a três metros de distância do casal, os outros permaneciam logo atrás e dois entre as árvores segurando os cachorros, que rosnavam para Charles e Barbara.

— Ouvimos boatos de que nas fazendas desta região, vários animais estão sendo mortos. — disse o líder de porte físico forte, com cabelos e olhos castanhos, que vestia roupas escuras iguais aos demais do grupo.

— Mas isto ocorre toda hora, há vários ursos e lobos na floresta! — afirmou Barbara.

— Tem razão, mas as fotos dos vestígios das carcaças

demonstraram terem sido causadas por um animal bem maior e mais forte que um urso.

— E o que poderia ser? — perguntou Charles receoso segurando a mão da mulher e atento a cada movimento dos homens. A mão de sua mulher suava frio, fingiu não notar para não alarmá-los de que ambos estavam nervosos. Era óbvio que não vieram fazer o que aparentavam, pois quem iria procurar um local para acampar no meio da madrugada?

— É o que estamos tentando descobrir... — disse o homem com um olhar malicioso.

— Tudo bem, se a gente vir alguma coisa nós avisaremos! — afirmou Charles.

— Ok, obrigado pela sua atenção! — disse o homem enquanto se retirava. O casal sentiu-se aliviado, mas ao abaixarem a guarda focados no líder que se afastava, um homem ao lado direito do grupo, os surpreendera ao avançar abrindo uma garrafa prateada e lançara um líquido na direção de Barbara, que era extrato de prata. Charles num movimento veloz, a puxou para junto de si.

— O que pensou que estava fazendo? — gritou Charles entrando na frente de Barbara, que deu alguns passos para perto da porta, ainda segurando sua mão.

— Seus reflexos não são humanos, foi o que pensei... Vocês são Lobisomens! — gritou o líder. — Peguem eles!

— Barbara entre agora! — gritou desesperado soltando a mão de sua mulher.

Ao ver os homens avançando com armas brancas de prata, se transformara rapidamente em um lobo enorme de pelagem negra e marrom barro, com os olhos amarelados para impedi-los de entrarem. Charles deu um salto para trás ao primeiro ataque e soltou um rosnado de fúria. Faria qualquer coisa para proteger sua família. Olhou para todos ali presentes e ao escutar Barbara arrastar o sofá até a porta para reforçar a entrada, partiu para o ataque.

Lançou o primeiro homem atacante a mais de dez metros, um segundo veio com um facão, mas Charles arrancou o braço deste. Um dos homens que segurava os cães soltou os dois maiores, que avançaram raivosamente nas pernas de Charles, enquanto ele dilacerava outro homem. Soltou um uivo de dor e abocanhou um dos cães no pescoço com suas presas e o lançou na direção das árvores, no outro utilizou suas garras para repeli-lo e saltou pra trás, ficando a alguns metros de todos os que restavam. Ao ver o líder bem próximo da porta, correu o mais rápido que pôde, porém ele não demonstrou sinal de agressividade ou defesa e de repente, Charles soltou um ganido e parou o ataque a apenas alguns centímetros ao sentir uma dor cruciante em seu peito. Uma flecha de prata o atravessara. Olhou na direção das árvores para os homens dos cães e lá estava o atirador, se preparando para lançar uma segunda flecha, utilizando uma besta. O corpo de Charles estremeceu e pensou: "Amor, crianças...", tentou dar um passo, mas suas forças haviam sido arrancadas de seu corpo ao ser atingido pela segunda flecha e caiu morto.

John e Allec observavam tudo que acontecia do lado de fora pela janela e ficaram em estado de choque quando viram seu pai cair. Charles havia matado cinco dos homens e dois cães. Lágrimas começaram a escorrer em suas faces, que nem perceberam sua mãe chegando.

— Allec, John, venham por aqui queridos... — disse desesperada, levando-os até o quarto dela.

Allec começou a chorar, John também ainda não acreditando, sentiu muita raiva de si mesmo sem poder fazer nada para ajudar.

Barbara subiu em sua cama para alcançar uma pequena alavanca, que abria uma passagem no teto, ao pressioná-la para baixo, uma escada dobrável surgiu com quatro degraus firmes. Se virou para seus filhos e abraçou Allec, o pegando no colo e subindo os degraus da escada do sótão junto dele, enquanto dizia:

— Allec, não chore, vai ficar tudo bem.

— Mamãeeee...

— Não chore querido, vai ficar tudo bem! — afirmou enquanto limpava as lágrimas de Allec. Barbara olhou para o filho que a aguardava e lhe estendera a mão dizendo:

— Venha, suba John! — ela o ajudou também.

— Mãe o papai está... — a dor da perda o atingia tão forte, que não conseguiu terminar a frase.

— Eu sei querido, por favor, eu peço para que vocês sejam fortes. — Barbara pressionou uma outra alavanca, para que o compartimento das escadas do sótão se dobrassem novamente, fechando assim a passagem do qual vieram. Ela caminhou alguns metros até a pequena janela empoeirada, sendo acompanhada por seus filhotes e fez um sinal de silêncio para os dois, abriu lentamente para não fazer barulho.

Os três olharam para a passagem do sótão fechada, após escutarem as batidas dos homens na porta de entrada da casa, tentando arrombá-la.

— Venham rápido! Temos que sair daqui agora! — afirmou Barbara os ajudando a passar pela janela para um pequeno telhado do lado de trás da casa.

Barbara se transformou em uma loba de pelagem dourada, com alguns tons em preto e branco e se agachou para que seus filhos subissem em suas costas.

— Segurem firme! — afirmou ela, que começara a se levantar com Allec e John segurando em sua pelagem do pescoço, que era bem comprida. Sentiu que estavam firmes, saltou do telhado e começou a correr para a mata com todas as forças, sem olhar para trás. "Adeus meu amor...", pensou enquanto as lágrimas eram lançadas ao vento.

Já a alguns quilômetros de distância, ela reduziu a

velocidade. Correu mais algumas centenas de metros e começou a procurar por um abrigo farejando o ar. Eles encontraram uma árvore antiga, com uma fenda grande no meio e em um lugar alto. Ela subiu nos galhos e se posicionou para que os dois descessem e se escondessem ali. Era um lugar perfeito para um esconderijo, porém apertado demais para os três. Allec e John se espremiam um no outro para deixarem um espaço para sua mãe, mas só caberia outra criança da idade de Allec. Percebendo a situação, estava decidida a proteger sua prole. Ainda nos galhos, deu uma lambida no rosto de cada um e depois levou sua cabeça entre os dois, a esfregando neles como se os abraçasse.

John logo percebeu a intenção dela ao fazer aquilo e suplicou chorando:

— Não mãe, por favor, não nos deixe aqui...

— Eu preciso meu amor... Preciso despistá-los, eles não viram vocês, mas não irão parar até me encontrar.

— Mamãe, não mamãe, não vá... — disse Allec.

— Eu voltarei para buscá-los, eu prometo! — afirmou levando suas patas grandes e peludas ao rosto de John e o encarou. — Por favor, prometa que irá sempre tomar conta de seu irmão... E que vocês estarão sempre unidos! — abraçou ambos agora.

— Prometo mãe. — John a abraçou com força.

— Mamãeeee... — chorou Allec.

— Eu amo vocês. — ela os lambeu e se libertou dos abraços, se preparando para saltar dos galhos, os olhou por alguns segundos e disparou para outra direção.

— Eu quero descer John! — afirmou tentando sair do esconderijo.

— Temos que ficar aqui Allec. — o puxou de volta.

— Não, eu não quero... Vamos com a mamãe! — afirmou tentando se soltar dos braços do irmão.

— A mamãe mandou, temos que ficar aqui!

A discussão dos dois cessou-se quando começaram a ouvir latidos de cães, bem longe dali. Allec agarrou a camisa de John e o abraçou com medo. John começou a farejar o ar para fazer uma cobertura do local, já não chorava mais, porque seus pais o deixaram com uma grande responsabilidade, a de sobreviver e cuidar de seu irmão mais novo.

Barbara corria em direção a sua casa por outro percurso e encontrou os caçadores a alguns quilômetros de onde deixara seus filhos. Saltou de trás de uma árvore com os pelos eriçados e rosnando, mostrando suas presas para os caçadores. Ficaram por um momento apenas se encarando. Seu objetivo era atraí-los para ainda mais longe de seus filhotes e dividi-los para atacar, pois em grupo eles tinham vantagem. Rosnou mais alto e saiu em disparada para o outro lado. Os homens soltaram os cachorros, que a perseguiam e a empurravam para o outro lado. De repente sentiu suas pernas ficarem suspensas no ar e uma corda puxá-la para cima, logo veio uma rede, que havia sido banhada com essência de wolfsbane, uma planta extremamente tóxica aos lycans, com a capacidade de minar suas habilidades e dependendo da dosagem até ser fatal. Ao passar dos anos, os Evis desenvolveram diversas armas adaptadas para o uso de wolfsbane, podendo a essência da planta ser utilizada tanto em seu estado líquido ou gasoso.

"Droga! É uma armadilha!", pensou e tentou desesperadamente se soltar. Começou a procurar alguma maneira de se libertar, mas já era tarde e estava cercada.

— Ora, ora o que temos aqui! — afirmou um homem se aproximando da rede suspensa com uma adaga de prata. Levantou sua mão com intenção de tocá-la, mas quase a perdeu com a dentada que Barbara lhe dirigiu, errando por muito pouco. — Vejo que esta é arisca!

— Por que tanto ódio minha querida? — disse outro homem num tom de zombaria.

— Ela está com filhotes, nós encontramos um quarto de crianças e isto. — comentou uma mulher do grupo ao tirar uma camiseta de sua bolsa, que pertencia a Allec e continuou: — É de sua natureza como toda mãe, ser mais raivosa e protetora!

"Essa não... Como fui me esquecer que talvez notariam os objetos dos meninos?", pensou se sentindo frustada ao olhar para a camiseta e continuou: "Preciso sair daqui agora!", ainda lutava para se soltar da armadilha, mas foi pega de surpresa quando a corda foi solta e a fez cair com tudo no chão. Soltou um ruído de dor quando os cães começaram a mordê-la por todo o corpo. Tentou revidar, mas a rede a impedia, porque os homens puxavam-na de cada lado para mantê-la no chão, dando vantagem aos cães.

— Já chega! — gritou o líder e os cães se afastaram ao ouvirem o comando. Haviam feito um grande estrago nela, sangrava por toda parte de seu corpo, ainda viva, mas ofegava e demonstrava cansaço. Aproximou-se dela e perguntou: — Agora, me diga, aonde escondeu seus vira-latinhas?

Ela rosnou ameaçadoramente para ele em resposta.

— Se me contar agora, te deixo viver! — lançou um sorriso.

— Nun... Nunca te direi! — resmungou baixo.

— Sua idiota! — deu um chute no focinho dela, que gemeu de dor. — Que assim seja, não preciso de você para encontrá-los. — fez um sinal para a mulher, que segurava a camiseta de Allec e chamou os cães.

— Por... Por que está... Fazendo isto? Nós... Nunca atacamos um humano... — disse fracamente.

— Não é nada pessoal, são apenas negócios. — fez um sinal com a cabeça para um homem, que estava sobre ela agora com uma estaca de prata.

Barbara sentiu o homem pisar em seu ombro, se preparando para cravar a estaca e aquela sensação angustiante a fez cair em lágrimas, enquanto as imagens de seus filhos e marido invadiam sua mente, pensou: "Me perdoem meus amores, não conseguirei cumprir a promessa.", de repente tudo ficou escuro.

Allec e John agora estavam por conta própria, sozinhos no mundo sem ideia do que seus destinos lhe preparavam.

Os Mool's.

CAPÍTULO 2
Menino Lobo

03h da madrugada.

John despertou de seu cochilo ao escutar galhos quebrando e sons de cães farejando o terreno, mas não sentiu o cheiro dos homens. Um cão farejava ao redor da árvore em que estavam. Não percebeu que sua audição e olfato estavam mais apurados. Havia uma leve neblina, que acrescentava à noite uma brisa fria e sombria. Allec dormia abraçado dele. Começou a olhar ao redor, tentando confirmar a posição exata do cachorro, escutando cada vez mais alto o fungar do animal entre as folhas. O coração de John dobrou de velocidade ao avistar o cão, que agora farejava a raiz da árvore que os escondia.

Allec despertou com a agitação de John e antes que dissesse alguma coisa, seu irmão levou a mão direita em sua boca, com os olhos vidrados no cachorro, que não os vira. Os olhos de Allec se arregalaram quando observou na mesma direção do irmão, o cão, que agora os encarava com um rosnar. Notou que os olhos de John estavam dilatados e a íris cobria uma grande parte de seu olho e pensou: "Ele vai se transformar!"

John começou a empurrá-lo lentamente para o canto de trás da árvore, que tinha uma pequena passagem.

— Corra... — John sussurrou tentando atrair a atenção do cão, já demonstrando sinais de que seu lobo interior lutava para sair agora, pois já havia liberado suas garras e presas.

Allec começou a se afastar do irmão e a descer da árvore bem devagar. Quando ficou a poucos metros de alcançar o chão, Allec pisara em um pequeno galho que se partiu, atraindo a atenção do cão, que correu em sua direção.

Seu coração disparou e ficou em choque devido ao medo. No momento em que o cão foi mordê-lo, John pulou sobre o animal, fazendo com que os dois rolassem pelo chão.

Allec observava seu irmão matando o cachorro, mordendo o pescoço e utilizando as garras, rasgando as entranhas do animal.

John levantara com os lábios e mãos cheias de sangue e observou o cão morto. Lambera o sangue quente em seus lábios, apreciando o sabor e a sensação de tirar uma vida. Em seguida olhou para Allec, que terminou de descer da árvore e correu até ele num abraço.

Os dois olharam numa direção e perceberam que os outros cães se aproximavam, devido ao alerta e barulho que a luta provocara.

— Vamos! — afirmou John o puxando pela mão.

Os dois correram com todas as forças pela floresta. John não largaria a mão dele, tentou manter o passo, mas Allec ficava sem fôlego. Escalaram um aglomerado de troncos, com quatro metros de altura para dificultar o caminho, fazendo os cães darem a volta. Alguns metros a frente, John sentiu um puxão em seu braço, que o fez perder o equilíbrio e cair no chão junto de Allec.

— Allec, você está bem?

— Sim, meu pé prendeu neste tronco. — disse se soltando.

— Vamos... — os dois iam se levantar, mas já estavam cercados por quatro cães enormes, que os encarava rosnando. John abaixou Allec de volta ao chão, ficando sobre ele e disse indicando com o olhar: — Allec, fique abaixado, assim que tiver uma oportunidade, suba naquela árvore.

Apavorado suas palavras não saíram e ele apenas acenou com a cabeça.

Um cão ameaçou avançar, mas parou quando John rosnou pra ele mostrando as presas. John começou a olhar pra todos, dando uma volta em círculo e soltara um grito: — Grrrahhhhhh... — John assumiu uma posição quadrúpede, gritando e rosnando monstruosamente. Cada vez mais alto, conforme suas roupas se extinguiam, dando lugar a uma pele forrada de pelos grossos. A transformação foi rápida, mas dolorosa, pois transformava os ossos de maneira que se alongavam, formando um focinho e também uma cauda.

Allec observava fascinado o irmão, que se transformava pela primeira vez em sua forma lupina. A pelagem do lobo lembrava a plena escuridão, com dois penetrantes orbes da cor do oceano.

Já transformado, voltou a rosnar e começou a eriçar os pelos, ficando com uma aparência mais intimidadora. Todos mostravam os dentes, só aguardando o momento em que John abaixasse a guarda.

Um dos cães focalizou em atacar Allec, que estava debaixo de John, mas foi interrompido sentindo os caninos do lobo cravarem em seu pescoço. Os outros cães aproveitaram a oportunidade para morderem John pelas costas e neste momento Allec correu até a árvore e começou a escalá-la.

John lutava com os cães restantes agora. Allec tentou ajudar lançando alguns galhos na direção dos cachorros, mas foi inútil. A cada mordida que John recebia, devolvia três com grande potência e agilidade, juntamente com suas garras, que lhe ajudavam a rasgar a carne com facilidade. Demonstrava ser um lutador nato, inconscientemente herdado de seus antepassados. Matou mais dois cães e um fugiu ferido para seus humanos enquanto choramingava. Olhou para o cão pensando em persegui-lo, mas desistiu, porque o animal morreria logo devido aos ferimentos. Voltou o olhar para Allec e foi até seu encontro.

— Você tá bem maninho? — perguntou enquanto descia da árvore.

— Estou, não se preocupe. — John ficou sobre duas patas agora e observou suas patas dianteiras.

— Você está incrível John! — afirmou erguendo o pescoço para olhar nos olhos de seu irmão, já que ele havia dobrado de tamanho, ficando a mais de dois metros de altura.

— Você acha? — perguntou empinando as orelhas para frente.

— Sim! Como é estar assim? — Allec perguntou pegando em sua pata direita com curiosidade.

— Depois lhe explico, agora temos que sair daqui... — disse voltando o olhar para os cães mortos.

— Certo!

John agachara para sua forma quadrúpede e fez um sinal com a cabeça, para que seu irmão subisse em suas costas.

Allec obedecera e se segurou firmemente. Após correrem alguns minutos, atravessaram um rio com uma pequena correnteza, se dirigindo a um bosque de pinheiros para apagarem seus rastros. Beberam um pouco de água e prosseguiram mais alguns quilômetros, antes de pararem para descansar embaixo de uma árvore meio inclinada, devido a um barranco, formando assim uma toca. Ambos checaram o lugar e assentiram, que naquele momento era o local mais apropriado e seguro para o que restava da madrugada.

John se ajeitou confortavelmente e abriu espaço para seu irmão juntar-se a ele. Permaneceu em sua forma de lobo, porque ficaria um tempo de tocaia, até que Allec adormecesse. Não demorou muito e Allec pegou no sono, abraçado do irmão novamente, pois assim sentia-se seguro.

Era de manhã, por volta das 9h e Allec encontrava-se em uma campina. Ao longe avistou dois seres juntos e imóveis, que o olhavam. A fisionomia de ambos parecia familiar, transmitindo a sensação de segurança e o motivando a correr na direção deles. Conforme se aproximava suas feições ficaram visíveis, eram seu pai e sua mãe, que sorriam para ele. A imagem dos dois iluminou os olhos de Allec, que começou a correr mais depressa, mas de repente uma luz bem forte brilhou e os envolveu, fazendo com que desaparecessem bem diante de seus olhos.

Foi abrindo os olhos lentamente e percebera que o ambiente ao seu redor mudara e a luz do sol batia em sua face. Estava novamente na toca, embaixo de uma árvore e tal realidade o fez lembrar que nunca mais veria seus pais, o que ocasionou em lágrimas e soluços. Olhou em volta e também não encontrou seu irmão.

— John? — o chamou em tom choroso. — Maninho? — foi saindo da toca e sentira a solidão invadir seu interior, ficou cada vez mais apavorado. — Cadê você John? — tomou um susto e caiu pra trás com o pássaro, que caíra morto bem diante de seus olhos.

— Calma lá Allec, é só o café da manhã... — disse John sentando-se em uma pedra, enquanto mastigava outra ave. Encontrava-se em sua forma humana novamente, mas completamente nu, pois havia rasgado suas roupas em sua transformação.

— John! — afirmou alegremente ao vê-lo. Em seguida abaixou o olhar para a ave diante dele e fez uma careta de nojo.

— Deixa de frescura e coma! Precisaremos de bastante energia. — disse John em um tom mandão.

— Eu, acho que eu não consigo... — disse desviando o olhar.

— Comemos isso tantas vezes, não se lembra?

— Sim, mas... A mamãe preparava e cozinhava eles pra gente... E... E eles têm penas!

John levou a mão na testa e soltou um suspiro. — Tá bom... — disse se levantando, pegou a ave do chão e se distanciou alguns metros de seu irmão.

Allec permaneceu em silêncio e ficou curioso sobre o que seu irmão fazia com a ave. Ouviu John mastigar algo, no qual devia ser as entranhas. "Eca...", pensou fazendo outra careta. John veio em sua direção novamente.

— Toma. — disse John estendendo a mão esquerda com as garras amostra, com pedaços de carne limpa e depenada, enquanto lambia o sangue da outra mão. Pelo menos não tinham mais penas. — Era assim que a mãe fazia...

Allec pegou os pedaços lentamente e os observou receoso.

— Tonto! Você perdeu a parte mais nutritiva. — disse John sentando-se no chão próximo ao seu irmão e o observando, soltando um riso de canto. — Vai em frente, experimenta. Não é tão ruim quanto você está pensando!

— Tá bom, se você diz... — Allec levou lentamente o pedaço de carne à boca e mastigou. Engoliu meio forçado, mas nos pedaços restantes os devorou rapidamente.

— Viu só!

— Verdade...

— Quer mais? Se quiser eu pego pra você.

— Não precisa maninho, obrigado!

— Ok, mas quando quiser é só me avisar está bem? — disse John fazendo alguns cafunés nele.

— Tá bem... — respondeu sorrindo, mas desviou o olhar para o chão.

Houve um momento de silêncio. Ambos ficaram com os olhares fixos em alguma coisa e suspiravam lentamente.

— O que nós faremos agora? — Allec perguntou quebrando o silêncio.

— Não sei, estava pensando sobre isso.

— Vamos voltar pra casa?

— Não podemos... Aqueles Evis devem tê-la queimado, eu senti o cheiro de fogo na madrugada.

— Vamos para a escola então?

— E fazer o que lá? Ainda mais hoje que é sábado.

— Eu não sei...

— Lá seria um péssimo lugar, porque eles já devem ter nos descoberto, por terem mandado todos aqueles cães em nossa busca... E aposto que a escola seria o primeiro lugar, em que eles iriam procurar e obter mais informações sobre nós.

— Tem razão. — Allec respondeu cabisbaixo.

— Pensei da gente ir para o norte, o que você acha?

— Mas a gente precisa ir à escola...

— Teremos que dar um tempo, até a gente se ajeitar.

Allec ficou deprimido, pois suas vidas haviam mudado radicalmente da noite para o dia e seriam obrigados a deixarem tudo e todos que conheciam para trás.

John notou que para Allec não seria tão fácil abandonar Lakehaven, porque ele possuía alguns amigos, ao contrário de John que nunca fora muito sociável entre os humanos.

— Entenda Allec, precisamos sair da cidade, se ficarmos aqui cedo ou tarde os Evis irão nos encontrar...

Ele não mostrou reação e continuou olhando para o chão.

— Se quiser se despedir de seus amigos, podemos ir até eles... — completou John, fazendo com que Allec saísse de seu estado de transe e voltasse a encará-lo. — Lembre-se de que não será um adeus e vocês poderão se ver novamente algum dia.

— Faria isso por mim maninho? Eu sei o quanto você odeia estar próximo deles...

— Mas é claro! — pegara Allec desprevenido e o prendera com um "mata leão", bagunçando seu cabelo. — Afinal você é meu irmão!

— Eu vou ficar careca... Para com isso! — resmungou rindo, tentando se soltar dos braços do irmão e ambos caíram pra trás e permaneceram deitados observando as copas das árvores.

— Obrigado John.

— Não é nada... Poderá sempre contar comigo Allec! — afirmou sorrindo e se levantando. — Vamos então!

— Sim! Mas maninho você não pode ir pra cidade assim!

— Assim como? — John perguntou, mas logo caiu sua "ficha" e voltou o olhar para seu próprio corpo. — Ou droga! Eu quase me esqueci desse detalhe...

— Como alguém esquece de que está pelado? — perguntou rindo.

— É que fiquei bastante tempo na forma de lobo, por isso nem percebi. — John respondeu sorrindo.

— Verdade! Você não me contou como é estar na forma de lobo! Como é John?

— É muito bom! — respondeu John entusiasmado. — Doeu um pouco no início, mas a sensação após a transformação é maravilhosa... É como se cada fibra do meu corpo se conectasse à natureza, além de todos os sentidos mais apurados!

— Que demais! — Allec disse com o mesmo entusiasmo.

— É sim! Uma sensação de liberdade nos contagia, nos motivando a fazer o que quisermos a qualquer hora, sem ninguém nos impedir... — a alegria de John cessou-se ao ouvir suas próprias palavras, lembrando-se de seus pais.

— Que foi John?

— Fico pensando se a mãe e o pai estariam vivos agora, se eu tivesse me transformado antes para ajudar... — os olhos de John começaram a lacrimejar. — Eu... Eu podia tê-los salvo... — John frustrado com sua transformação tardia, rosnou alto e surpreendeu seu irmão esmurrando uma árvore.

— Calma John, não é culpa sua, o papai e a mamãe lutaram para nos proteger... — disse pegando no braço do irmão, que permaneceu na mesma posição do soco, meio abaixado e chorando. — Se você se sente assim, imagine eu? — começou a chorar também. — Eu que nem posso me transformar ainda... E... E você quase perdeu a vida por minha causa!

John enxugou as lágrimas e abraçou Allec, que chorava agora.

— Me desculpe Allec, eu sou um idiota... Por favor, não chore.

Allec retribuiu o abraço. — Dói demais maninho... A mamãe e o papai... Nunca mais os veremos de novo.

— Eu sei. — John o abraçou mais forte. — Mas ainda temos um ao outro e irei cuidar de você, eu prometo!

Allec ergueu a cabeça e encarara John, que parara de chorar, mas era possível ver os rastros recentes das lágrimas.

— E eu juro que algum dia, eles irão pagar por tudo que fizeram!

CAPÍTULO 3

O Perdedor

Era de manhã, por volta das 9h. Um homem assistia ao jornal local, sentado em um sofá espaçoso, que emanava um cheiro de suor e óleo, impregnado no tecido. A campainha tocara, fazendo com que o homem se levantasse contra sua vontade e seguisse em direção à porta.

— Pois não? — disse abrindo somente um vão da porta.

— Bom dia Sr. — disse o garoto de cabelos negros, que tocou a campainha e não pôde evitar de notar a gordura do homem, que transbordava pela sua calça mal apertada.

— Está olhando o que pivete?

— Nada... Por favor, gostaria de saber se o senhor pode me arrumar um pouco de pão e água? — o garoto fez uma expressão comovente. — Não tenho dinheiro, por favor, moço o senhor pode me ajud...

— Eu tenho cara de padeiro? — interrompeu o homem.

— Nã... Não senhor... — balançou as mãos negativamente em resposta, mas que serviu de sinal para alguém do fundo da casa, que ficava próxima ao bosque de Lakehaven.

John espreitava escondido atrás de uma árvore o quintal da casa, que não era cercada conforme as demais do bairro, sendo esta a última da rua pavimentada. O quintal ficava na lateral direita da casa, tendo total visão da rua para o bosque. No varal estavam algumas roupas da família, que ali residia e próximos da grande janela da sala, havia alguns pares de sapatos secando ao sol, em cima de um tambor. O único problema é que se houvesse alguém na sala, teria total visão do terreno. Ao ver o sinal de Allec, John olhou em volta para checar se tinha

mais alguém por perto e correu ligeiramente até o varal. Apanhou algumas roupas e depois foi ao tambor, pegando um par de sapatos e retornou para o bosque, sem ninguém notar sua presença.

— Olha aqui moleque! Se você não sair da minha frente agora, eu juro que te tiro a força.

— Cal..Calma... Desculpe-me senhor. — respondeu Allec, que deu alguns passos para trás, com as mãos na altura dos ombros em sinal de defesa.

— Vamos! Saía! — gritou furiosamente, fazendo com que Allec desistisse de seu apelo e corresse dali.

— Que merda, a gente não pode nem assistir TV sossegado! — resmungou o homem batendo a porta.

Allec correu para a próxima esquina, cerca de quatro casas depois e olhou para trás, mas o homem já tinha sumido. "Ufa, até que foi fácil...", pensou distraído e acabou trombando em alguém.

— Hey, cuidado aí! — disse um garoto de uns 15 anos.

— Me desculpe... — respondeu Allec e seguiu em frente a passos largos.

— Espera aí! Eu conheço você!

Allec olhou para trás para ver se o reconhecia.

Ao olhar nos olhos de Allec o garoto lembrou-se de John, devido à mera semelhança. — Você é irmão daquele idiota, não é? — disse e segurou o riso. — Aquele otário da turma C! — afirmou com gosto para atingi-lo psicologicamente, pois menosprezava ambos, mas Allec não demonstrou reação e apenas o encarava.

— Vamos Allec! — John apareceu no final da esquina e já vestia as roupas "emprestadas", que lhe caíram muito bem. Vestia uma camisa de cor chumbo, junto de uma blusa azul marinho com dois bolsos de zíper. A calça era um moletom preto com uma listra branca na lateral esquerda, que ficara um pouco justa, mas ainda assim confortável e o tênis de modelo *All Star* preto. John reconhecera o garoto, mas olhara somente para seu irmão, ignorando completamente a existência do valentão, assim como fazia na escola quando o garoto o atormentava.

Allec permaneceu em silêncio e seguiu na direção de seu irmão, dando as costas para o valentão.

— Ah! Você está aí! — disse e sorriu maliciosamente. — O que foi perdedor, o gato comeu sua língua?

Conforme Allec se aproximava, John tomou o passo e também deu as costas para o garoto.

O valentão perdia a paciência e seguiu ambos. Ao se aproximar de John notou algo familiar.

— Hey! Estas roupas são minhas! — correu na direção deles com intenção de esmurrá-lo. — Devolva-as agora!

John se virou e segurou o punho do rapaz sem o mínimo de esforço e lançou lhe um olhar frio, estando agora bem próximos.

— Seu... Desgraçado! — tentou se soltar, mas a mão de John parecia estar soldada a sua. Deu um grito de raiva e lançou um chute em direção ao maxilar de John. Já havia derrubado dezenas de idiotas como os Mool's com aquele golpe, mas foi aí que seu corpo foi simplesmente arrancado do chão. John fizera o menino subir por cerca de um metro, antes que caísse como um boneco pelo chão. Pela primeira vez em sua vida, o menino sentia o verdadeiro medo tocar suas entranhas. John, o perdedor. John, o caipira estranho e inútil que sempre lhe serviu como uma descartável diversão cruel, o tinha chutado com a força de um aríete.

Sentira um peso em seu joelho esquerdo, John pisara nele. Pegou-o pelo cabelo e o levantou numa altura suficiente para sussurrar em seu ouvido.

— Você as quer? Venha pegar! — John riu e afirmou lentamente. — Seu perdedor!

O garoto sentira seus olhos umedecerem contra sua vontade e lágrimas começaram a escorrer, pois algo em John o fazia sentir medo. Enquanto tentava livrar seu cabelo da mão de John, resmungou:

— Seu... Seu monstro!

John farejava o cheiro de medo transbordando do garoto, que fazia o máximo para se libertar, mas sem nenhum sucesso. Sentiu pena, mesmo depois de tudo que ele fizera durante todos esses anos. Era apenas mais uma presa indefesa, igual aos pássaros que apanhara mais cedo. Este pensamento o fez focar nos batimentos cardíacos do garoto. O lobo dentro dele começou a lutar para sair contra sua vontade, porque aquela sensação sobre uma presa indefesa o contagiava. Seu lado animal ficara louco ao ouvir os batimentos de desespero e brotara uma vontade enorme de dilacerar carne e devorar vísceras. Sendo invadido pela sensação de poder, seus olhos começaram a mudar, juntamente com suas presas. Por sorte foi surpreendido por um grito inesperado.

— Paiiiiiiiii... — gritou choramingando. — OW PAI!

O homem que conversara com Allec surgiu novamente e olhou na direção de seu filho, que encontrava-se caído no chão e com John sobre ele. — O que diabos está acontecendo Jack? — gritou de volta e foi se aproximando dos garotos para apartar a briga. Notou a presença de Allec e perguntou surpreso: — Você de novo? — começou a correr com dificuldade. — Vou dar uma surra em vocês dois!

Os dois olharam para o homem, que corria de maneira desengonçada. John largou com tudo o cabelo de Jack, que o fez bater a cara no chão e os irmãos bateram em retirada.

Os irmãos passaram por um bairro de casas populares, que ficavam próximas ao bosque, até a casa dos amigos mais próximos de Allec, o casal de gêmeos Matheus e Bianca. John já os havia visto antes nas vezes em que trouxera seu irmão para brincar na casa deles, mas preferiu manter distância enquanto observava a despedida e também ficara alerta a cada possível movimento na rua. Suspirou fundo ao observar as três crianças se abraçando e sentiu um vazio interior invadir seu peito, por não ter ninguém para se despedir. Tentou ignorar este sentimento resmungando bem baixinho para si:

— Eu não preciso de amigos humanos... Eles não são confiáveis e nunca nos aceitariam se soubessem o que somos.

John focou sua atenção em seu irmão, que correu até ele em um abraço de gratidão e fizera alguns cafunés em Allec. Os dois irmãos se entreolharam em silêncio e apenas assentiram que era hora de partir.

Os dois andaram mais uns 20 min até chegarem ao porto de barcos. Adentraram o terminal marítimo de passageiros de Lakehaven e John procurou se informar com um dos atendentes, sobre qual seria o próximo navio a partir. Anteriormente ele cogitara a ideia de ir para o norte, pois há dois anos atrás ouvira boatos entre uma conversa de seus pais e um casal de amigos, de que haveria uma grande alcateia por lá. John não sabia exatamente o nome do local, nem ao menos se a mesma ainda existia, sendo um destino às cegas. Correndo o risco de encontrarem os caçadores onde quer que fossem, John apenas focalizou em irem embora de Lakehaven o mais rápido possível, independente para qual cidade se destinasse. Um navio de cruzeiro com nome Maximum, sairia em duas horas com destino a Merrowmash. Seriam dois dias de viagem e foi o escolhido pelos irmãos. Eles caminharam até as docas e avistaram Maximum sendo preparado pelos tripulantes. O navio possuía três andares e vários botes salva-vidas na cor laranja em suas laterais.

Aguardaram até o horário de embarque dos passageiros e aproveitaram esta distração para darem a volta no navio pela água. John escalou a embarcação com suas garras e Allec em suas costas, até o compartimento dos botes salva-vidas. Era a primeira vez dos irmãos em um navio e ficaram maravilhados com a grandeza de Maximum. John se deixou guiar pelo olfato e calor, que sentia suavemente vindo da sala de motores, no qual consentiu que seria o local mais seguro durante a viagem. Localizou a possível porta que estaria seu objetivo com um aviso: "Apenas pessoal autorizado!" e puxou seu irmão até a mesma, que estava destrancada. Passaram por um corredor com algumas portas, deixando um rastro com pegadas de água, até que chegaram em uma escada de metal verde musgo. John pediu a Allec que o aguardasse ali. Voltou para os rastros que deixaram no corredor e começou a espalhar a água com as mãos, para que não parecessem pegadas e sim alguém desastrado, que derrubara toda aquela água. Do alto da escada, John localizou um duto de ventilação a dois andares abaixo e com Allec em suas costas, saltou em torno de 15 metros de altura e correu até o duto. Segurou a grade e puxou-a para trás com um pequeno impulso, removendo-a com facilidade devido a sua força sobre-humana. Seu irmão entrou primeiro e foi logo atrás, fechando a passagem. John guiou Allec através do olfato e tiveram que engatinhar até que chegassem na sala dos motores. Havia um corredor com grandes cilindros e outros menores nas laterais, com canos de 30 cm de diâmetro interligando todos eles e a passagem para os tripulantes bem estreita. Os irmãos se esconderam entre a parede e os cilindros, com uma distância de uns 60 cm, mas bem próximos ao duto de onde vieram, localizado na parede a 1 metro do chão. John sugeriu que se despissem, para que suas roupas pudessem secar mais rapidamente com o calor do ambiente, que era agradável.

Depois de 24 horas no mar, ambos estavam famintos.

Com o estômago doendo, Allec pediu ao irmão que procura-se por comida, John concordou, porque precisavam se alimentar para recuperarem suas energias. Pediu para que Allec o aguardasse no esconderijo e vestiu apenas a calça moletom já seca e entrou no duto de ar.

Depois que engatinhou alguns minutos na ventilação, John passara por um salão de jogos, que cheirava a álcool e tabaco, o deixando enojado. Em seguida passou por cinco quartos vazios, até que no próximo encontrou duas jovens conversando. A que estava sentada na cama possuía cabelos negros, que contrastava com sua pele cor de neve. A outra moça com apenas a roupa de baixo, fitava o espelho segurando dois vestidos, dona de um cabelo cor de fogo e pele levemente morena, que chamara a atenção de John. Ele ficou hipnotizado e corou ao vê-la. A observava através da grade no teto, há 8 metros de altura e sentiu uma vontâde imensa de tocá-la, começando a salivar. Seu lobo interior a queria, mas sua consciência o fez soltar um rosnado baixo para si em desaprovação e que chamara a atenção de um chihuahua, que começou a latir para John, o fazendo voltar a realidade e afastou-se da grade.

As moças brigaram com o cão, por causa do barulho e alguns minutos depois saíram do quarto. John observou o cachorro, que o encarava rosnando. Com as duas mãos, puxou a grade para cima e a posicionou logo a frente, ainda dentro do duto e saltou. Encurralara o chihuahua, que choramingava, o pegou no colo e começou a acariciá-lo, demonstrando que não era inimigo. Quando a cadela parara de tremer, John quebrara o pescoço, matando-a de forma indolor e pensou:

"Sinto muito, mas é para um bem maior."

Ficou observando a cadela por um momento. Quando foi pegar impulso para saltar em direção à ventilação, as vozes das moças se aproximavam do quarto. Seu coração disparou e arrumou o cão na almofada no chão, como se estivesse dormindo e se escondeu embaixo da cama, bem no momento em que abriram a porta.

A moça de cabelo cor de fogo foi até a mesa próxima ao espelho e pegou algo. — Sabia que tinha esquecido aqui... — ela olhou ao redor e notou que o cão dormia e sussurrou. — Fifi até dormiu.

— Sim, vamos, estão nos esperando. — disse a outra moça já saindo do quarto.

— Estou indo! — retrucou e trancou a porta do quarto.

John soltara um suspiro de alívio, pegara o cão e mordeu a pele da nuca do animal, como se carregasse um filhote, para que ficasse com as duas mãos livres. Saltou para o duto de ar e fechou a grade, retornando pelo mesmo caminho. Quando se aproximava da sala dos motores, avistou seu irmão, que o esperava ansioso e vestia apenas a calça. Ao remover a grade, surpreendera Allec com o que tinha conseguido.

— Um cachorro? — Allec perguntou receoso.

— É isso ou a fome. — retrucou John com seu olhar e presas de lobo, que surgiram involuntariamente.

Allec fez uma careta enquanto fitava o cachorro nos braços do irmão, mas o ronco de seu estômago foi alto o suficiente para chamar a atenção de ambos. Engoliu em seco e assentiu agradecido, encarando John novamente, sem perceber que estava com os mesmos olhos de lobo, que indicava que sua transformação seria em breve.

John sorriu ao ver os olhos do irmão, que voltaram ao normal, mas permaneceu em silêncio. O instruiu para que retirasse a roupa, para não correr o risco de manchá-las de sangue, já que eram as únicas que possuíam. Após se alimentarem, deixaram os restos mortais do cachorro em um canto mais afastado, atrás de um dos cilindros e adormeceram até o restante da viagem.

Os irmãos só foram acordar, quando sentiram o tranco da parada do navio. Se vestiram e fizeram o mesmo percurso pelos dutos, até saírem na escada de metal verde musgo. Esperaram até que todos saíssem e ao longe escutavam alguns dos tripulantes chamando pelo cão desaparecido. Espreitaram-se até a porta e quando foram correr para o convés, sentiram um puxão nas golas das camisas e notaram que um homem enorme os havia descoberto.

— O que fazem aqui? — perguntou o homem. — Quero ver a passagem dos dois!

— Não estamos com elas senhor. — respondeu John.

— Não? E onde estão seus pais?

— Mas nós nã...

— Hey meninos, vamos! — afirmou uma senhora interrompendo a fala de Allec, aparentando ter seus 50 anos de idade e com os cabelos castanhos encaracolados até os ombros. A mulher usava um vestido branco na altura dos joelhos e um casaco social listrado em cores quentes, que ía um pouco abaixo da cintura. Também utilizava grandes óculos escuros e uma sandália de salto preta. Estava acompanhada de um senhor de mesma idade, com cabelos bem alinhados para trás e levemente grisalhos. O homem vestia uma camisa social esportiva branca, calça jeans e sapatos pretos.

Os dois irmãos se entreolharam, questionando-se em silêncio, se realmente aquela mulher falava com eles.

— A senhora conhece esses dois? — perguntou o tripulante, que soltou os dois meninos.

— Sim! Eles estão conosco. — respondeu calmamente e continuou: — Vamos meninos, não podemos nos atrasar!

Allec e John se entreolharam novamente desconfiados e foram em direção ao casal.

— Me desculpem o engano.

— Tudo bem, tenha uma ótima tarde. — disse a mulher se retirando quando os irmãos se aproximaram e sugeriu baixinho: — Não olhem para trás. — colocou as mãos sobre os ombros dos dois, que obedeceram.

Eles percorreram todo o percurso até o final das docas em silêncio, enquanto observavam a cidade de Merrowmash. Havia alguns prédios no centro e vários bairros residenciais. Não era uma cidade muito grande, mas John focalizou o que mais era de seu interesse, a floresta, que ficava do outro lado da cidade. Já bem distante do navio, John parou e agradeceu:

— Muito obrigado por nos ajudar lá trás!

— Não foi nada, Freddy e eu percebemos que estavam em apuros e decidimos ajudar. Aliás, quais seus nomes?

— Sou Pedro e este é meu irmão Lucas. — afirmou John.

— Olá. — disse Allec timidamente.

— Que gracinha... Como eu já disse meu marido se chama Freddy e meu nome é Esmeralda. — disse sorrindo.

— Prazer em conhecê-los! — responderam os irmãos.

— Agradeço novamente pelo que fizeram por nós, mas precisamos ir... — continuou John.

— Onde estão seus pais? — perguntou Freddy.

John disse a primeira coisa que veio em sua mente.

— Nossos pais estão na Europa, nós viemos visitar um primo.

— Oh meu Deus! Vocês estão sozinhos então? — Esmeralda pegou nas mãos dos dois. — Vocês estão bem?

— Estamos, não se preocupem. — respondeu Allec perdendo a timidez.

— Desculpem perguntar, mas onde mora o primo de vocês? — perguntou Freddy.

— É umas duas horas de caminhada ao sair da cidade. — respondeu John.

— Hum, entendo... — disse Freddy.

— Mas já está escurecendo, vocês tem algum lugar pra ficar esta noite? — perguntou Esmeralda. — Vocês podem encontrá-lo amanhã durante o dia.

— Não. — respondeu Allec.

— Mas não se preocupem, a gente dá um jeito. — completou John, não querendo tomar mais tempo deles.

O casal se entreolhou e ela acenou com a cabeça.

— Por que vocês não vem conosco esta noite? Moramos há alguns minutos daqui e não me levem a mal, mas é que vocês aparentam estar exaustos. — comentou Esmeralda.

— Agradecemos pela generosa oferta, mas não queremos incomodá-los. — respondeu John. — Precisamos ir, me desculpem e muito obrigado novamente! — afirmou e se retirara, puxando Allec pela mão, que não teve reação e olhava para o casal, que os observava indo embora em silêncio.

Allec acenou para o casal, que retribuiu o aceno e em seguida encarou John, como se quisesse dizer alguma coisa.

— Não Allec... Não são dignos de nossa confiança, mesmo eles tendo nos ajudado.

— Mas... Mas nós nem demos uma oportunidade para isso... — resmungou baixinho, sendo puxado pelo irmão.

— Não importa. — e seguiram rumo à floresta.

O vento dançava com as folhas das árvores e a sensação térmica cairia em breve. John e Allec se infiltraram alguns quilômetros na floresta, antes de pararem para descansar.

— John, está frio aqui... — Allec disse enquanto sentava em uma raiz e apertava seus braços.

— Pelo menos é mais seguro que a selva urbana. — respondeu ajeitando-se em um canto próximo da árvore e gesticulou com as mãos, para que seu irmão se aproximasse.

— A gente podia estar numa cama bem quentinha agora... — retrucou descontente, se aproximando do irmão.

— Eu sei Allec, mas nós não podemos simplesmente confiar em qualquer um, pois eles podiam muito bem ser Evis.

— Eles pareciam ser legais, mas pra você qualquer um deles é perigoso. — resmungou deitando-se ao lado do irmão.

— Não confio neles e ponto! — afirmou virando-se e ficando de costas para Allec, preparando-se para dormir e comentou: — Além do mais, quando for mais velho irá entender, porque ninguém oferece a própria casa como abrigo para dois estranhos. Agora durma, porque levantaremos cedo amanhã!

01h da madrugada.

John despertou assustado, mas não se moveu. Olhou ao redor e notou a floresta silenciosa. Começou a farejar e se levantou devagar, para que Allec não acordasse. Um cheiro familiar chamou sua atenção. Deu alguns passos em direção do fedor e avistou luzes de lanternas. Abaixou-se imediatamente e se escondeu atrás de uma raiz. Observou por alguns segundos e foi ao encontro de seu irmão.

— Allec, acorda, agora! — sussurrou.

— O q...

John o interrompeu gesticulando em sinal de silêncio e sussurrou: — Venha, mas ande abaixado...

Os irmãos desceram uma ribanceira e correram algumas centenas de metros, até encontrarem uma toca de algum animal, cercada de arbustos. Os dois se espremeram entre as raízes da toca e ficaram em silêncio.

Alguns minutos depois, os irmãos foram surpreendidos pelas luzes intensas nas árvores próximas e escutaram conversas aleatórias. John farejou duas fêmeas, quatro machos e também muita prata junto deles.

Eram Evis, agora John tinha certeza. Começou a rosnar baixinho quando avistou um pé próximo dos arbustos, que cercavam a toca. Ambos os irmãos tremiam, mas respiraram aliviados quando um dos homens chamou o ser próximo à toca e as luzes foram para outra direção.

Esperaram até que o fedor deles se distanciasse. John saiu primeiro e observou o ambiente. Em seguida fez sinal com as mãos, para que seu irmão se juntasse a ele.

John suspirou e começou a se despir.

— O que está fazendo? — perguntou Allec.

— Segure-as pra mim. — disse e entregara suas roupas, não prestando atenção na pergunta de seu irmão e se afastou um pouco.

John esticou seu braço direito, observando seus músculos se modificarem, transformou-se mais rapidamente e se agachou por alguns segundos, enquanto rosnava. Ficou em sua forma quadrúpede, encarou Allec e disse:

— Suba, precisamos sair do território deles e rápido, porque aqueles humanos eram caçadores! Há muito chão para andarmos, mas nada melhor do que ir correndo! — afirmou se agachando.

— Verdade... Obrigado John.

— Não acostuma não. — John disse após Allec subir em suas costas e começou a andar depois de rir. — Tá ficando difícil te carregar.

— Eu vou emagrecer, prometo! Melhor ainda, vou me transformar em breve, você verá! — respondeu com um breve sorriso e esfregou os pelos do pescoço de John, como se revidasse todos os cafunés que seu irmão lhe dera.

— Pare com isso! Me dá cócegas e não consigo correr assim... — John rosnou e se contorceu ao receber os cafunés. — Vê se segura bem aí! — após o alerta, John respirou fundo e sentiu sua pelagem acima das orelhas serem agarradas de leve. Deu alguns passos e correu para o mais longe possível dos Evis de Merrowmash.

Eles percorreram um longo trajeto da floresta em algumas horas, graças a velocidade sobre-humana. Já amanhecia, quando John sentira outro cheiro familiar, que os levou até uma estrada pavimentada, localizada bem no alto de uma montanha. Da altura em que estavam, enxergavam ao longe, alguns morros menores, várias pequenas luzes e também um grande rio, que passava próximo das luzes, mas com um vasto verde ao redor.

— Allec, olhe!

— Que cidade é essa John?

— Vamos descobrir... — disse caminhando para o meio da estrada e se agachou, para que Allec descesse.

— Vamos correndo?

— Não, me desculpe, estou faminto e exausto. Se continuar nesta forma atacarei o primeiro animal que vier pela frente, também não posso garantir que me controlaria perto de um humano. — respondeu e voltou para sua forma humana.

John pegara suas roupas com o irmão e ainda se vestindo, começou a caminhar rumo à cidade.

Allec o seguiu e comentou olhando para trás por um momento: — Tomara que passe algum carro logo, pra gente pegar carona.

— Eu acho pouco provável, tá na cara que passa um carro aqui a cada um ano.

— Aff John, deixa de ser pessimista, a mamãe brigaria com tu se visse essa sua negatividade.

— Não sou negativo, é a realidade! Apresse o passo, que quando menos perceber nós estaremos lá.

Mesmo cansados, os irmãos caminharam depressa para a nova cidade, ansiando para que desta vez, tenham encontrado um lugar, em que os Evis os deixassem em paz, para que pudessem reerguer suas vidas.

CAPÍTULO 4

Lua de Sangue

O céu ainda estava escuro, mas já se ouviam os cantos corriqueiros dos pássaros de todas as manhãs. Um senhor, dono de vários hectares de terra ao redor da cidade de Tusneer, acordou assustado devido à agitação de suas vacas, que pastavam próximas da casa. Levantou rapidamente e acordou sua mulher lhe entregando uma de suas armas. Antes de saírem da casa, escutaram alguns barulhos semelhantes aos cães. Correram para espantá-los com um tiro, mas ao darem a volta na residência, o homem parou a caminho do pasto e fez um sinal com o braço, para que sua mulher o esperasse ali. Ficaram alguns segundos sem se mover e tentaram ouvir algo. Suas vacas haviam sido espantadas para o outro lado da fazenda e o que escutavam agora, eram sons quase imperceptíveis, como se dois cães estivessem dividindo um osso suculento entre rosnados. O homem fez alguns gestos, para que sua mulher pegasse a lanterna. Andaram uns 50 metros em direção aos rosnados e viram duas massas escuras se mexendo, bem próximos das árvores. Ao sinal do marido, já com eles na mira, a mulher ligou a lanterna. Os dois se surpreenderam com os dois lobos de pelagem escura e o maior deles media quase a estatura de um cavalo. Com o susto, o homem hesitou e o maior dos lobos arregalou os dentes para eles em ameaça e começou a se aproximar. O segundo lobo imitou o maior, mas antes que eles atacassem, o casal dispararam as armas, os fazendo recuarem.

— Oh meu Deus, George, o que fizeram com ela! — A mulher foi correr em direção à vaca, mas seu marido a interrompeu.

— Você não vai querer se aproximar Lucy. — andou meio caminho até a casa com ela e disse: — Chame a polícia e os responsáveis pelos animais, eu nunca vi uma espécie de lobo gigante como esta, deve estar quase extinta. — Lucy o encarou em silêncio e seguiu seu caminho até a residência.

George caminhou até a carcaça para analisá-la. Ficou espantado pelo estrago, que dois lobos fizeram em tão pouco tempo, até uma alcateia levaria mais tempo para devorarem quase toda a carne. Analisou o local das pegadas e notou próximo de uma árvore, vestígios de sangue deixado pelo animal.

Oito anos havia se passado desde que Allec e John partiram de Lakehaven, conseguindo despistar seus rastros dos Evis e se misturaram com os habitantes de Tusneer. Sendo esta uma cidade pacata, que assemelhava-se a Merrowmash, tendo uma grande área residencial e também com enormes prédios e hotéis no centro da cidade. Era rodeada por grandes morros, uma densa floresta e um rio, que contornava uma parte da cidade, além de ser uma região muito visada pelos turistas na época de inverno, por causa da neve.

John terminava de tomar banho, enquanto seu irmão arrumava sua mochila. Allec voltara das férias escolares e se preparava para o primeiro dia de aula no 2º semestre do ano. Cursava o 2º ano do ensino médio, já seu irmão terminara o colégio ao fazer provas de supletivo, porque ficara alguns anos sem estudar, após a morte de seus pais. Em suas primeiras semanas em Tusneer, os irmãos dormiram em uma área afastada, bem no meio da floresta, em que construíram uma barraca improvisada, utilizando troncos e também uma telha de eternit, que encontraram em uma caçamba de lixo. Allec tivera sua primeira transformação algumas semanas depois de terem chegado na cidade, sendo o lycan mais jovem a passar pela metamorfose, com apenas 7 anos de idade. Eles não passaram fome, pois se alimentavam dos animais da floresta, mas procuravam variar o cardápio com os alimentos urbanos. Durante as manhãs, Allec se infiltrava no horário do intervalo na principal escola de Tusneer, localizada próxima da floresta e que não possuía o pátio murado. Sorrateiramente ele ensacolava as merendas e saía com elas envolvidas em sua blusa. Já para o jantar, John costumava rondar os hotéis no centro da cidade, no qual as laterais possuíam compridos e estreitos becos entre os prédios. Estes becos eram mal iluminados, que lhe davam certa vantagem para se esconder e aguardar o momento certo, em que as refeições seriam descartadas nos containers de lixo. Em uma destas buscas, John fora pego em flagrante pelos donos do hotel mais famoso da cidade, que o repreenderam e ao mesmo tempo com pena do adolescente, lhe ofereceram um serviço de ajudante de limpeza. Também haviam permitido que ele e Allec comessem por ali sempre que quisessem.

Em gratidão, John deu o seu melhor na missão em que lhe foi dada, para manter o lugar limpo e em poucos meses, chegara no cargo atual, que era o de carregador de malas. Seu salário era razoável e suficiente para pagar o aluguel da kitnet, bancar os custos da escola de Allec e manter as contas em dia. A kitnet em que moravam ficava entre dois prédios de quatro andares, próxima ao centro da cidade. Possuía um pequeno jardim na parte de trás, no qual o único acesso era pelo portão lateral direito, do lado de fora da kitnet. Continha uma pequena cozinha com uma bancada americana, que emendava com a sala e a bicama, encostada na única grande janela da kitnet, que dava visão para o jardim. O banheiro dava uma leve ilusão de dois cômodos. Na sala havia um pequeno e antigo televisor pendurado na parede de frente para o sofá preto de dois lugares e com uma mesa de madeira entre eles. Também tinha um armário marfim de duas portas e quatro gavetas, no qual os irmãos guardavam seus vestuários, que ficava entre a bicama e a lateral do sofá.

John saíra do banho enxugando o cabelo, mas não vira seu irmão, que mexia em seu material e acabara tropeçando nele, o fazendo bater o ombro no armário marfim, próximo da cama e rosnou levando a mão em seu ombro esquerdo:

— Hey, não fique no caminho!

— Foi mal, não tenho culpa se não olha por onde anda.

— Foi sua cul... Argh. — John apontava para o material escolar enquanto dizia, mas sentira um repuxão dolorido no ombro. Seu irmão o olhou assustado.

— Ainda está doendo John?

— Não muito, mas ainda sinto uns puxões no músculo. — respondeu analisando a cicatriz em seu braço e o local da bala disparada pelos proprietários da fazenda, em que foram caçar há uma semana.

— Estranho... Nunca demorou tanto assim para curar.

— Sim, meu corpo está cada vez mais requerendo carne e proteínas, mas o que estamos comendo ultimamente não tem sido suficiente... Deve ser a idade chegando.

— Vamos sair pra caçar diariamente então, é a única solução que temos no momento, pelo menos até seu ombro curar.

— Falar é fácil, o inverno está chegando e a caça já está muito escassa, o que nos resta no momento é atacar o gado ou... — John ficou pensativo.

— Ou o quê?

— Deixa pra lá, preciso me arrumar pra trabalhar...

Allec pegava seus livros no armário da escola, quando sentiu um perfume diferente no ar se aproximando e avistou uma jovem, que aparentava ter a sua idade. Era alta comparada com a maioria das garotas, possuía cabelos castanhos longos encaracolados sedosos e seus olhos lembravam o mel. Seu coração disparou quando os olhos dela encontraram os seus, por apenas alguns segundos, até que ela passou por ele.

"Uau!", pensou e não desviou o olhar até ela sumir no corredor. — Quem é ela J? — perguntou para seu amigo Jonathan, que também pegava alguns livros.

— Ela é nova, ouvi dizer que se mudou há alguns dias com a família pra cá.

— Cara, preciso conhecê-la.

— Se eu fosse você não me meteria nessa, porque aqueles manés do futebol já ficaram de olho nela. — respondeu Jonathan.

— Não tenho medo daqueles idiotas... — Allec disse batendo a porta do armário. — "Bora" pra sala.

Allec era o típico adolescente que as meninas admiravam, por ser atraente, com uma inteligência acima da média e também muito gentil. Várias meninas o pediram em namoro, mas ele as rejeitava, por não ser o seu "tipo" ou digamos a "espécie". Chegara a sair com algumas garotas, mas nada sério. Era popular contra sua vontade, pois ficava sempre na sua, junto de seu amigo e companheiro de trabalhos escolares, Jonathan. Seu irmão o havia alertado para não se envolver com nenhuma humana, porém seus instintos diziam ao contrário sobre a nova aluna, ele precisaria conhecê-la, porque o cheiro que ela emanava o deixava nervoso, sem ao menos entender o motivo.

Para sua surpresa, ela estava na mesma turma que ele, sentada na primeira carteira. Ao entrar na sala, seus olhos correram para ela e sentiu seu corpo ferver quando ela retribuiu o olhar e sorriu.

— Olá. — disse Allec.

— Oi. — ela respondeu timidamente.

— Seja bem-vinda à escola. — ele sentou-se na carteira atrás dela. — Qual seu nome?

— Obrigada, sou Jennifer Arian e você?

— Prazer Jennifer, eu sou Allec.

Mas antes que ela respondesse novamente, seu professor entrou na sala de aula.

— Muito bem classe, todos em seus lugares. — disse se sentando à mesa.

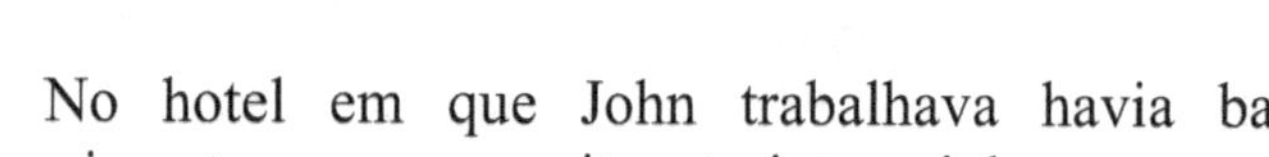

No hotel em que John trabalhava havia bastante movimento, porque muitos turistas vinham nesta época do ano. Eles reservavam com antecedência, devido a concorrência em época de temporada. Somente John e mais três colegas de trabalho, eram responsáveis por todas aquelas bagagens.

— John, leve a mala da Senhorita Tuinb. — pediu seu colega Luiz, enquanto passava por ele acompanhando outro hóspede.

— Ok. — John se aproximou dela e disse ao pegar suas malas: — Madame, por gentileza me acompanhe.

A mulher permaneceu em silêncio e apenas o devorou com os olhos e o achara atraente. Josi Tuinb tinha 37 anos e era bem sucedida. Possuía um corpo de uma garota bem mais nova, cabelos dourados e seus olhos lembravam o brilho de uma esmeralda. Ela o acompanhou até a porta de seu quarto no 4º andar, deu uma olhada no corredor pra ver se tinha alguém, enquanto John arrumava suas malas dentro do quarto.

Quando ele foi se retirar, não deixou de notar o grande decote que Josi possuía em seu vestido vermelho, anteriormente coberto por seu casaco. Desviou rapidamente o olhar dos seios dela e ficara envergonhado, rezando para que ela não o tivesse notado.

— Se a senhorita precisar de alguma coisa, é só utilizar o telefone. Obrigado!

— Rapaz, por favor, espere! Qual é seu nome?

— John.

— John, muito obrigada pela ajuda. — disse lentamente e se aproximou dele, colocando uma nota de 100 dólares em sua calça.

— O-Obrigado senhorita. — disse sem jeito e quando foi se retirar, ela fechou a porta.

Aproximou-se dele novamente, mas John não recuou e ela disse:

— John querido, eu sei que deve estar muito ocupado, mas você tem um tempinho pra me ajudar?

— Do que a senhorita precisa? — John fingiu não entender o que ela queria.

— Bom, eu acho que está meio quente aqui, poderia me ajudar com o aquecedor?

Ao ouvir isso John a sentiu apalpar seus testículos, seu corpo ferveu ainda mais e partiu pra cima dela beijando-a. Levou-a pra cama e quando iam tirar a roupa seu Bip Pager tocou.

— Droga. — resmungou e voltou a olhar pra ela. — Me desculpe, preciso mesmo ir. — disse se levantando.

— Espere! — o puxou pela calça e lançou um olhar quente. — Me diga onde podemos nos encontrar e quando?

— Hoje às 20h, me espere na praça que fica a uma quadra daqui... É bastante movimentada, você saberá qual. — John saiu às pressas ao dizer e pensou enquanto ia ao elevador, rindo maliciosamente: "Que vadia, me dei bem."

———————————— \\\ ————————————

O sinal tocou para o intervalo da escola. Jennifer não possuía nenhum amigo ainda, então quando ela levantou,

Allec a seguiu e perguntou:

— Hey Jennifer, quer fazer um tour pela escola?

— Eu adoraria!

— Vamos lá então.

Jennifer saiu na frente, seu amigo Jonathan ia lhe avisando do possível trabalho em grupo, no qual o professor citara brevemente no início da aula, mas Allec se virou e fez um sinal com a mão direita no próprio pescoço, como se dissesse: "Por favor, não me deixe perder esta oportunidade". Agradeceu ao amigo rapidamente, ainda em silêncio pelo "galho" que quebrara e foi logo atrás da garota.

Os dois andaram por toda a escola, primeiro foram ao refeitório, depois ao ginásio. Allec evitou a área em que os moleques do futebol sempre ficavam, até que ambos acabaram nos balanços, conversando sobre suas vidas.

— Há quanto tempo você mora aqui? — Jennifer perguntou após pegar um pequeno impulso no balanço.

— Faz quase uns dez anos eu acho... Nem me lembro, o tempo passa tão rápido.

— Uhum. — concordou Jennifer o olhando brevemente e sorrindo.

Os dois ficaram se entreolhando durante alguns segundos, como se o resto do mundo não existisse, mas despertaram ao tocar o sinal.

— Precisamos voltar, teremos trabalho em grupo agora. — Allec disse se levantando do balanço. — Você está em algum grupo?

Ela apenas acenou que não. Allec então a convidou para fazer parte de seu grupo, sendo apenas ele e Jonathan. Jennifer sorriu e agradeceu aceitando o convite.

— Obrigada mesmo Allec, você é o primeiro aluno a falar comigo, os outros meio que sentem medo de mim, sei lá. Deve ser porque meu pai é o novo, digamos "Xerife" da cidade.

— Acho que não é nada, só devem estar tímidos demais.

Faltando apenas um minuto do horário combinado, John a avistou no lugar marcado mais cedo, acenou e ela sorriu.

— Boa noite. — ela disse lhe entregando o braço direito e ele beijou sua mão em gesto de cavalheirismo.

— Boa noite, senhorita. — disse ao cruzar seus braços e começaram a caminhar pela praça. — Está muito elegante!

— Muito obrigada! Chame-me de Jô. — disse ela.

— Está bem, Jô.

— Parabéns pela pontualidade, não imaginei que viria. Então, você não tem uma namorada?

— Não e mesmo se eu tivesse, eu daria um jeito de estar aqui. — John piscou pra ela.

Ela soltara seu braço do dele e se debruçou no corrimão da pequena ponte em que passavam e disse: — Bem que você disse, que esta praça era bem movimentada... — fez uma pose discreta, porém sexy pra ele.

— E é. Não gostaria de ver um ponto turístico aqui perto?

— Eu adoraria! — disse lhe entregando a mão direita como uma dama.

Após se distanciarem da praça e da vista de todos, John a levou até o bosque, que ficava próximo do rio que contornava a cidade de Tusneer. Ela removeu os saltos e os dois correram por alguns minutos com as mãos entrelaçadas, por estarem ansiosos por aquele momento. Olharam para trás e às luzes se afastavam cada vez mais. John a ajudou subir em uma pequena ribanceira, perto de um riacho. Ele a encostou na árvore mais próxima e começou a beijá-la. Ela retribuiu o beijo, que ficava cada vez mais intenso e desabotoou seu vestido. Ambos se despiram tão rapidamente, como se fosse à última coisa a fazer.

Deitaram-se no chão, em cima de suas roupas e começaram a ter relações. Após alguns minutos, quando ela ficou por cima, John ejaculara dentro dela. Ela também já havia chegado ao orgasmo e recomeçado o ato. John notou que suas garras surgiram involuntariamente e as levou na costa de Jô, para que não as visse. Mesmo sabendo que poderia se transformar, John não queria parar e seu lado animal começava a tomar controle. Começou a lambê-la por todo corpo, como um cão faz com uma cadela no cio. Ele voltou a acelerar nas investidas e os músculos de John começaram a mudar contra sua vontade, sua voz ficou mais grave e para esconder suas presas, disfarçou afundando o rosto nos seios dela. Os dois chegaram novamente ao clímax e ela o surpreendeu com o impulso que dera para o lado, invertendo as posições, ficando ele por cima agora. Voltou a lambê-la no umbigo, segurou as coxas dela e começou a acelerar novamente. Ele começou a apertá-la, sem a noção de sua força e suas garras estavam quase a perfurando.

— J-John... Está... Machucando-me... — disse entre as fungadas, mas ele não respondeu e começou a apertar mais forte. — JOHN! — ela gritou e quando olhou pra ele, notou que seus olhos eram brilhantes a luz da lua e estavam estranhos. Percebeu que seus caninos eram visíveis e o prazer que sentia fora substituído por medo.

John por instinto, notou que ela iria gritar e tentar fugir e agiu semelhante aos lobos machos, que durante o acasalamento, mordiscavam sua parceira caso ela tentasse fugir e cravou seus caninos na garganta dela, sufocando-a. Não demorou muito e ela parara de se mover. John ficou imóvel por um momento, não acreditando no que acabara de fazer e ainda permanecia dentro dela.

— Jô? — perguntou hesitante. Não houve resposta e afastou-se do corpo até encostar-se a uma árvore. — Ai meu Deus, o que foi que eu fiz? — levou as mãos à cabeça, já tinha se acasalado com outras fêmeas humanas, colegas de trabalho, mas nunca perdera o controle antes. Encarou a lua e supôs que tenha sido influenciado pela mesma e rosnou pra si: — Droga, droga, droga, droga... John seu idiota! — mas ao sentir o aroma de sangue, o animal dentro de si começou a lutar pra sair. John se transformou, caminhou até o corpo e o observou por um instante, farejando próximo à garganta. Retirou suas roupas de baixo dela, porque as usaria mais tarde. Havia prometido que nunca atacaria humanos, mas como a mulher já estava morta, sentiu-se tentado a experimentar a carne fresca daquela presa e começou a devorá-la.

23h30min.
John entrou em sua casa fazendo o mínimo de barulho, porque já passara da hora de Allec dormir e quando foi trancar a porta levou um susto.

— Onde você estava John? — perguntou Allec, sentado na janela. — Fui ao seu serviço, mas você já havia saído.

— Eu precisei sair mais cedo, ok? Já era pra você estar dormindo. — aproximou-se do armário marfim, perto da bicama e o abriu, vasculhando suas roupas.

— Não muda de assunto, você também era pra estar dormindo, não iríamos caçar de madrugada?

— Não precisamos mais.

— Não? — Allec perguntou confuso e foi até seu irmão analisar seu ombro. — Por acaso já está curado? — o surpreendeu com um soco no local antes ferido, aproveitando sua irritação.

John não reagiu e nem demonstrou sinal de dor e apenas lhe lançou um sorriso. — Já, eu fui caçar depois do trabalho, me desculpe não ter te avisado.

— Maldito! — Allec sorriu e foi surrar seu irmão novamente, mas John o prendeu com seu braço curado, segurando sua cabeça como sempre fazia em momentos sérios e de brincadeira, pois era um jeito fácil de dominar seu irmão, que era pavio curto.

— Aff... Me solta John! — Allec se contorcia para se libertar, mas sem sucesso e resmungou: — Por acaso virou um lobo solitário? Um lobo sem sua alcateia não é nada!

— Deixa de bobagens. — bagunçou o cabelo de Allec e o soltou no sofá. — Você sempre foi e continuará sendo minha alcateia. — disse indo em direção ao banheiro, para tomar um banho quente.

— Tá, sei... — Allec disse indo até a bicama. — Mas diz aí, o que conseguiu desta vez? Pelo jeito foi algo grande, você parece bem satisfeito.

— Foi uma lebre da montanha, era bem grande...

— Uma lebre? Que sorte! A carne delas é muito saborosa.

— Você não sabe o quanto. — John disse olhando para seu reflexo no espelho.

John Mool.

CAPÍTULO 5
Lobo Mau

Naquela mesma noite em que saíra com Jô, os pensamentos de John arduamente o deixaram adormecer. Sua mente remoía o momento e as sensações de quando provara a carne humana. Ficou ansioso e cada vez que as lembranças vinham à tona do primeiro contato do sangue de Josi e suas papilas gustativas, psicologicamente sentia o sabor envolver seus sentidos. Dormira apenas por uma hora, mas acordou bem disposto e até preparara o café, enquanto seu irmão dormia. Quando já estava de saída, chamou por seu irmão.

— Allec, acorda!

— Hm...? — resmungou Allec para o irmão, que o alertou sobre o horário. Levantou preguiçosamente e só pôde ver seu irmão saindo às pressas, fechando a porta ao dizer que fizera o café e faria hora extra no serviço. Foi até a pequena mesa no centro da cozinha, no qual haviam bacons bem fritos, que emanavam uma gordura que lhe fez salivar instantaneamente, acompanhados de um bife malpassado e leite. Surpreendeu-se pelo ato de seu irmão, pois não tinham este costume.

— Tomara que ele acorde assim todos os dias... — Allec disse ao sentar-se à mesa e lambera os beiços ao pegar o bife.

***

Por volta das dez horas da manhã, um grupo de turistas entrou no bosque ao redor da cidade de Tusneer, através da trilha que levava a uma pequena queda d'água, muito

visitada naquela época do ano, antes que a neve extinguisse tudo. O grupo era constituído de um guia, dois casais, uma menina de uns nove anos, filha de um dos casais, que levava seu husky siberiano numa coleira e mais quatro jovens de aproximadamente vinte anos de idade. Conforme avançavam na mata, o guia lhes contavam as histórias passadas da cidade e sobre os tipos de animais que viviam ali. O cão ficara agitado de repente e começou a latir em uma direção.

— Pai segura o Tuf. — disse a garotinha sendo puxada pelo cão, que latia e tentava se soltar.

— Me dá querida. — acariciou o pescoço do cão, que choramingava baixinho. — O que foi garoto? Venha, não tem nada lá. — se levantou e quando foi se juntar ao grupo, sentiu um puxão e Tuf se soltara e sumiu entre as árvores. — Hey, calma aí garoto! — gritou o pai, mas o perdera de vista.

— Onde ele foi papai?

— Eu não sei querida, deve ter farejado algo... TUUUUF! — chamou pelo cão e voltou a atenção para a filha, que demonstrava sinais de lágrimas. — Não se preocupe querida, ele vai voltar.

— Senhor não se preocupe, eu chamarei o resgate de animais pelo rádio. — disse o guia pegando seu walk talk e entrou em contato com os superiores, lhe informando a situação.

— Obrigado. — pegou sua filha no colo. — Viu querida, quando menos esperar ele estará de volta.

— Por que ele fugiu pai? — perguntou num tom choroso.

— Ele não fugiu, só deve ter farejado algum animal.

Depois de uns 20 minutos o resgate de animais chegara ao local onde o grupo descansava, exceto a menina que ficou inquieta, ansiosa por notícias de seu amigo. Um dos homens pegou um apito e soprou. O som era quase imperceptível aos humanos, mas estrondoso para animais com audição apurada como os cães.

Não demorou 5 minutos e Tuf voltara.

— Tuf amigão, não faça mais isso! — disse a menina pegando a coleira e notara algo que ele mastigava, como se fosse um brinquedo. — Pai, o Tuf está comendo algo.

— Me deixa ver... Solta Tuf! — ordenou, levando a mão à boca do cão, que deixara cair no chão. Antes de olhar para o "brinquedo", afastou o cão para que não pegasse outra vez. Quando notou o que realmente era, caiu pra trás e gritou: — Ai meu Deus! É um dedo!

Todos ali se assustaram devido ao presente inesperado que o cão trouxera.

— Meu Deus, não olhe querida. — disse a mãe escondendo o rosto da filha.

Os jovens do grupo tomados pela curiosidade, se aproximaram do membro humano, coberto por baba canina e terra.

— Por favor, se afastem. Precisaremos acionar a polícia e efetuar uma busca para encontrar o dono deste dedo. — disse o homem do resgate.

Allec, Jonathan e Jennifer conversavam sobre o trabalho em grupo, que fariam para o semestre. Também se divertiam com as brincadeiras, que os jovens vieram a chamar de nerds, sendo um grupo viciados em vídeo games, livros e filmes, além de demonstrarem uma inteligência acima da média. Uma semana havia se passado e se tornaram grandes amigos de Jennifer. Allec sentia como se já a conhecesse desde há muito tempo.

Os três pegavam os materiais em seus armários da escola, prontos para irem embora, até que Jennifer sugeriu.

— Vocês querem fazer o trabalho em casa hoje? Porque daríamos uma boa adiantada, do que ter que esperar pra fazer na sala de aula.

— Eu acho uma ótima ideia! — afirmou Jonathan.

— Se não for um incômodo... — Allec disse fechando o armário.

— Não é, relaxa! Vamos! — Jennifer disse ao pegar na mão de Allec e o puxou por alguns metros. Allec corou ao sentir o calor da mão dela, mas ela logo o soltou. — Vamos J! — gritou para o amigo, que acabara de fechar o armário, enquanto ela e Allec já viravam o corredor.

— Esperem por mim!

Allec observava cada movimento de Jennifer, que caminhava à frente deles e pensou: "As mãos dela são tão macias...", pois mesmo vivendo entre os humanos, não tivera muito contato físico caloroso desde há muito tempo.

— Onde você mora Jenny? — perguntou J.

— É do outro lado da cidade, mas não se preocupem, que meu pai leva a gente!

Ao saírem do colégio, eles avistaram uma caminhonete importada e o homem dentro dela acenou para a filha. Jennifer correu até seu pai, enquanto Allec e J aguardavam um sinal para avançarem, ainda mais por ser o xerife.

— Pai eles estão comigo, vamos fazer um trabalho em casa. — ela se virou para os dois e sorriu.

— Podem vir, eu não mordo!

— Olá Senhor, prazer em conhecê-lo, eu sou Allec e este é Jonathan.

— Prazer em conhecê-lo! — afirmou Jonathan.

— Senhor está no céu, podem me chamar de Marcus. — quando eles abriram a porta para entrar no carro, Marcus os encarou sério e perguntou: — Os responsáveis de vocês sabem onde estão indo, certo?

— Sim, já avisamos. — respondeu Allec engolindo em seco, porque havia mentido.

— Tudo bem então... É só pra ter certeza, podem entrar... — Todos se sentaram e colocaram o cinto e Marcus continuou ao dar a partida no carro. — É sempre bom avisá-los, pois vai que aconteça algo com algum de vocês, seria o primeiro local a procurá-los e também adiantaria no procedimento de busca e... — Marcus se calou ao olhar para Jennifer, que estava no banco da frente e fazia um sinal discreto com a mão, pra ele parar de falar. Disfarçou e olhou para os dois lados da rua, pigarreou e perguntou: — Afinal, vocês vão fazer um trabalho sobre o quê?

— É de história, sobre as lendas do folclore. — respondeu Allec.

— Hum... E vocês já escolheram alguma?

— Nós iremos interpretar numa pequena peça pra classe pai, nós só precisamos escolher uma em qual nós três nos encaixamos...

— Compreendo... Parece divertido!

Os três adolescentes assentiram e um silêncio desconfortável invadiu o ambiente. Jennifer revirou o porta-luvas do carro, até que encontrou um CD do Bee Gees e o colocou para descontrair a todos durante o trajeto.

— Bem chegamos. — estacionara a caminhonete, mas não chegou a desligá-la. — Filha, irei voltar pra delegacia, boa sorte no trabalho de vocês!

— Obrigado! — os garotos responderam.

— Tá, tchau pai, valeu a carona. — deu um beijo no rosto dele e saiu do carro.

Já dentro da casa, enquanto Jennifer se dirigia à cozinha para avisar a mãe sobre a chegada deles, Jonathan comentou ao ouvido de Allec, que a família dela devia ter muito dinheiro. Allec concordou, pois já notara isso devido ao carro.

Foram até a cozinha cumprimentar Eleonora, a mãe de Jennifer e voltaram com a garota para a sala, em que a mesma sugeriu que ficassem à vontade, enquanto foi em busca do laptop no quarto.

Ainda de pé escolhendo o lugar ideal no sofá, Allec observou um jornal sobre uma mesa próxima, que chamara sua atenção ao ler a palavra "lobos" em destaque. Foi até a pequena mesa, pegou o jornal em mãos e leu o título branco sobreposto à foto censurada de um corpo ensanguentado.

"Turista é assassinada. Corpo é abandonado aos lobos."

"Estranho... Não é época dos lobos selvagens voltarem... Ou será que são... Vampiros?", pensou, pois John e Allec eram os únicos lycans da região e já ouvira falar dessa espécie de ser da noite, que se alimentava de humanos, mas nunca encontrara um pessoalmente para reconhecer o cheiro de tal criatura. Começou a vasculhar o texto em busca de mais informações, até que fora surpreendido por Jennifer.

— Você viu a notícia? Coitada, parece que ela tinha acabado de chegar de viagem.

— Sim, é uma pena... — disse colocando o jornal novamente na mesa.

— Uhum... Meu pai está investigando o caso dela... — em seguida ela disse, mudando completamente de assunto: — Gente, vamos sentar no carpete mesmo, fica melhor para gente mexer nos cadernos... E eu estive pensando, por que não fazemos sobre os gnomos? — sugeriu Jennifer se sentando e abrindo o laptop. — Ou do barba azul?

— Acho que nesses vai ser complicado e o professor disse, que o grupo todo precisa ser um personagem. Eu tenho a história perfeita pra nós... — disse Jonathan revirando sua mochila. — Aqui! — abriu um livro e mostrou uma página ilustrada. — Eu peguei na biblioteca antes do intervalo.

— Chapeuzinho Vermelho? — Allec e Jennifer perguntaram juntos.

— É, é perfeito! Eu tava meio preocupado pra achar uma história bacana, pois o professor havia comentado no semestre passado sobre o possível trabalho... Acho que você nem se lembra, Allec...

— Pior que não... — Allec respondeu encabulado.

— Então, não imaginava que Jennifer entraria em nosso grupo, mas quando ela entrou, foi a primeira história que me veio em mente. Jenny seria a Chapeuzinho, claro, você o caçador e eu o lobo, o que vocês acham?

Allec e Jennifer trocaram olhares por um segundo e ela disse:

— Bom, por mim eu topo.

"Seria mais fácil se eu fosse o lobo, mas J parece muito animado com o papel, então...", pensou e sorriu ao dizer:

— Perfeito J, só precisamos agora escrever diálogos entre os três, pois não poderemos seguir a história original.

John e seu colega estavam em seu horário de café da tarde, sentou-se no sofá e perguntou:

— Luiz, você sabe se a Carol da padaria ao lado está a fim de mim ainda?

— Tá brincando? Eu já tentei sair com ela, mas desde sempre ela só tem olhos pra você! Até mesmo depois de você ter dado o fora nela... — Luiz lançara um sorriso malicioso. — Tá querendo dar uns pegas nela é?

— Mas ela não está compromissada com ninguém? — perguntou envergonhado ao demonstrar interesse.

— Nas redes sociais o status dela está como solteira... Mas vai lá cara, a chame pra sair, aposto que ela não vai pensar duas vezes pra dizer sim.

Após a conversa com Luiz, John procurou escrever em um papel rapidamente, porque faltavam cinco minutos para voltar do café e foi até a padaria. Carol ficava no caixa, era uma jovem de 19 anos, com 1,65m de altura, cabelos castanhos enrolados até o pescoço, sendo de etnia negra.

John fingiu estar procurando por algo e se aproximou do caixa. Entregou-lhe um papelzinho dobrado.

Ela o olhou desconfiada, abriu o papel, totalmente em silêncio e estava escrito:

"Quer sair comigo hoje à noite?"

— Está brincando comigo John? — perguntou séria. — O que te fez mudar de ideia?

— Não é brincadeira... Você aceita ou não? — John perguntou encabulado.

Ela hesitou e ficou com os pensamentos distantes.

— Se não quiser eu vou entender, preciso ir.

— Espere... — ela pegou na mão dele. — Que horário?

— Quer ir depois do expediente? — ele retribuiu o toque e sorriu.

———————— ⦀ ————————

Depois de um tempo em que Eleonora trouxera os lanches para o grupo, Jennifer se levantou e rumou em direção as escadas, dizendo que voltava logo. Ao primeiro movimento da garota, Allec encarou seu amigo J e aguardou ela subir as escadas antes de sussurrar:

— J, dá uma forcinha aí vai, é uma chance em um milhão!

— Mas a mãe dela está aqui cara...

— Não tem problema, eu a ouvi subir pro segundo andar e já faz algum tempo... Por favor, J, diz que sim? É a primeira vez que me sinto tão atraído por uma garota...

— Tá bom Al, vai ficar me devendo essa! Eu vou cobrar hein!

— Pode contar comigo cara, pra qualquer coisa. — disse trocando gestos e toques com as mãos e perguntou: — Já tem algum plano?

J apenas lhe lançou um sorriso, enquanto mexia no celular.

— Ela tá vindo, disfarça... — sugeriu Allec pegando novamente o caderno.

— E aí, criaram mais algum diálogo?

Os garotos assentiram negativamente e o telefone de Jonathan tocou.

— Alô mãe?... Não, tô na casa de uma amiga, junto de alguns amigos, fazendo trabalho em grupo... Não mãe... Tá bom, daqui a pouco apareço por aí... Tá, tchau... Beijo... — Jonathan conversou com sua mãe, mas mesmo com uma ótima audição, Allec não escutara nada do outro lado da linha. J fingia e era um ótimo ator.

— Está tudo bem J? — perguntou Jennifer.

— Está, minha mãe disse pra eu ir pra casa, sinto muito galera... — disse enquanto guardava seus cadernos.

— Tá tudo bem J... Eu e Jenny vamos adiantando as falas e amanhã a gente passa pra você. — respondeu Allec se levantando, junto de Jenny, para se despedirem do amigo e o acompanharam até a porta.

Ao voltarem Jennifer perguntou: — E seu irmão Allec?

— O que tem ele?

— Ele não ficará bravo se você chegar tarde? Daqui uma hora já irá escurecer e o trabalho ainda levará um tempo... Se quiser a gente termina amanhã...

— Não esquenta, ele sai tarde do serviço também, mas agradeço por se preocupar.

Os dois passaram um tempo escrevendo, analisando as falas e atuando nos personagens. A mãe de Jennifer fora até o mercado e ambos ficaram sozinhos na casa.

— Hey Allec, vê se gosta desta fala... — ela leu interpretando a personagem, mas Allec não processara uma palavra do que ela dissera, por estar hipnotizado pelo som doce da voz dela.

— Ficou muito bom! Você leva jeito Jenny...

— Ah que isso, tá falando por falar, mas eu acostumei a ler bastante, dá pra viajar legal na escrita... — foi colocar a folha no chão enquanto dizia e acabou tocando na mão dele sem querer. — Me desculpe. — disse desviando o olhar e ambos sentiram o rosto ferver.

— Não foi nada. — respondeu. — Você não imagina o quanto é bonita... — Allec pensara em voz alta e ficou vermelho igual a uma pimenta, quando ela o encarou.

— Você acha? — perguntou corada.

— Er... Eu... — coçou a cabeça sem jeito.

— Você me acha mesmo bonita?

— Não... Você é linda! Não apenas por fora, você é gentil, simpática... É única... — levou a mão ao rosto dela. — Sua presença faz meu coração disparar, principalmente quando você me olha deste jeito... — sorriu e sentiu seu coração quase saindo pela boca de nervoso. Queria muito beijá-la, mas claro não contra a vontade dela.

— Desde que te conheci eu me sinto estranha, mas não de uma maneira ruim... Como se você tivesse me resgatado de um mundo de trevas... Isso que estou dizendo não deve fazer sentido pra você, mas... — foi interrompida por Allec, que levou seu dedo indicador nos lábios dela em sinal de silêncio.

— Não diga nada... — disse e a beijou.

Ela retribuiu e permaneceram se beijando por alguns minutos, até que ela o afastou e se levantou. — Espere!

— O que há de errado?

— Me ajude a levar pra cima. — disse juntando os cadernos e pegando o laptop. — Se ficarmos aqui, minha mãe pode chegar a qualquer momento. — disse lhe mostrando o caminho até seu quarto.

Seguiu-a então até o quarto e colocou as bolsas próximas da cama. O quarto dela era adorável, de um tom bege e rosa. Farejou prata na maior parte dos objetos e ficou intrigado, mas voltou a si quando escutou a porta fechar. Se virou e encontrou Jennifer o encarando e sorrindo.

— Não me leve a mal Al, é que meus pais são muito convencionais as tradições, você precisaria pedir permissão pra eles só pra ficar de mão dada comigo...

— Eu não me importo... — disse se aproximando e ficara sobre ela, apoiando um braço na porta e continuou: — Quero ficar com você Jenny... E se você concordar eu pedirei a eles assim que voltarem.

— Você faria isto por mim?

— Qualquer coisa... — acariciou os cabelos dela.

— Melhor não. Pelo menos hoje não, pois eles não iriam gostar de eu ter ficado com um garoto no meu quarto, enquanto ninguém estivesse em casa. Amanhã! Está bem?

— Ok. — sorrira em resposta e ela o puxou para cama e ficaram trocando carícias.

John e Carol resolveram comer numa lanchonete a dois quarteirões de onde trabalhavam. John chamara a atenção da garçonete para fazerem os pedidos. Enquanto aguardavam, ele sentia a inquietação de Carol, que o encarava fixamente e perguntou:

— Está tudo bem Carol?

— Está, só não estou conseguindo acreditar que você me chamou pra sair... É alguma pegadinha, não é? — ela olhou para os lados em busca de algo. — Onde elas estão?

— Do que você está falando?

— Das câmeras! Aposto que irão postar na internet...
John a interrompeu pegando em suas mãos.

— Por que não acredita em mim? Eu estou mesmo interessado em você e fui um tolo por não ter aceitado antes.

Ele levou sua mão ao rosto dela, ao notar que os olhos da mesma haviam se umedecido e se preparara para limpar qualquer lágrima que viesse.

— Me desculpe John... Eu fico muito feliz de coração por ter me convidado... Obrigada.

— Disponha, eu que fico agradecido por não ter desistido de mim. — lançou-lhe um sorriso.

Ambos jantaram um lanche médio, composto de cheddar, bacon, dois hambúrgueres e algumas rodelas de tomate. Conversaram por algum tempo e eram quase dez horas da noite, quando decidiram ir embora. John levantou primeiro e estendeu a mão em gesto cavalheiro. Ao saírem, ele a guiou por um beco estreito e mal iluminado entre a lanchonete e um prédio residencial e puxou-a pelo braço, a surpreendendo com um beijo quente.

Ela retribuiu o beijo, em seguida ele começara a lambê-la no pescoço, enquanto dizia: — Carol... Quero muito provar da sua carne. — suas mãos agora se atreviam entre as pernas dela.

Carol ficou paralisada e feliz, pois o homem que sempre desejara a queria de corpo e alma, mas conseguiu pará-lo e dizer: — John, vamos pra outro lugar... Para meu apartamento.

— Está bem... Desculpe-me pelo ataque, não consegui me conter. — disse envergonhado, como se não fosse à mesma pessoa de minutos atrás.

— Está tudo bem... Vamos. — ela pegou sua mão e o guiou através do beco, que cortava caminho e pensou: "Eu não esperava por isto, mas eu gostei."

Ao saírem do beco, a rua estava deserta. Começou a chuviscar e John a cobriu com seu casaco.

— Obrigada... Mas você não está com frio?

— Não, não se preocupe. — ele a puxou para mais perto de si e andaram abraçados, até que ele fingiu ouvir algo. — Ouviu isto? — fez uma cara de surpresa. — Fique aqui... Eu já volto. — e atravessou a rua correndo até o outro beco escuro, que ficava entre dois estabelecimentos comerciais já fechados.

— Esperai, o quê? — ela não entendeu o motivo dele ter saído correndo. — John, espere! — hesitou, mas o seguiu e adentrou lentamente o beco, após ligar a luz do celular, por causa da escuridão e o aumento da chuva, que prejudicava sua visão. — John? — chamou por ele, infiltrou-se mais uns dez metros e notou algumas roupas rasgadas e encharcadas, próximas a seu pé. Com a luz do celular mais perto das roupas, identificou que pertenciam a John. — Oh meu Deus! John? — chamou por ele mais uma vez e antes que se virasse para recuar e chamar a polícia, escutou algo pousar na poça d'água atrás dela. Quando tomou coragem para se virar, segurou a respiração e no mesmo momento em que visualizou a silhueta negra de dois metros de altura, pensou em gritar, mas seja lá o que fosse, agiu mais rápido, tampou sua boca a empurrando contra a parede e fazendo-a bater a cabeça.

Ela apagou por alguns segundos, devido à pancada e conforme foi recobrando a consciência, sentiu um cheiro de cachorro molhado e pelos grossos próximos a seu corpo. Sua visão foi ficando mais clara e algo gelado tocava sua pele, abaixo de seu umbigo e entre suas pernas. Seus olhos se arregalaram ao notar, que se tratava de um lobo, que a farejava e gritou:

— Não! Não! — ela tentou repeli-lo e quando foi gritar novamente, ele rosnou e roçou seus caninos na mão dela, ameaçando mordê-la e ela estremeceu, ficando em silêncio.

O lobo começou a rasgar suas roupas e a lambê-la.

— Não! Socor... — ela gritou, mas fora interrompida quando o lobo rosnou novamente, mas agora bem próximo de seu pescoço, mostrando suas presas e sentindo o ar quente de sua respiração. Ela começou a chorar e a tremer, enquanto dizia baixinho: — Por favor... Deixe-me ir... — seu corpo ficou paralisado. Sentiu as garras do lobo em seu quadril, que ele havia levantado, mas uniu forças e deu um chute bem no estômago dele, se virou e levantou gritando: — Socorro! Alguém me ajude! — mas neste exato momento um trovão dominou o céu, ocultando qualquer vestígio de socorro.

O lobo furioso, cravou as garras em suas costas e a mordeu no pescoço de maneira que o quebrou.

———————— \\\ ————————

— Precisamos voltar a fazer os diálogos... — Jennifer sugeriu e o beijou.

Ambos deitados e abraçados na cama.

Allec brincava com o cabelo dela e sorriu ao dizer:

— Os diálogos podem esperar...

— Acho que o J vai ficar bravo conosco.

— Não esquenta... — Allec se virou e ficou sobre ela. — Ele vai entender.

— Se você tá dizendo... — ela riu e o puxou pra si.

No mesmo momento em que iam se beijar, escutaram o som dos dois automóveis estacionando na garagem.

— Ai não, eles já chegaram! — Jennifer pulou da cama e espiou pela janela. — Rápido, consegue descer pela janela Al? Tem uma grade aqui do lado.

— Sim. — disse pegando sua mochila.

Jennifer revirou o armário e encontrou seu guarda-chuva.

— Aqui! — disse lhe entregando. — Me desculpa por tudo isso. — disse abrindo a janela.

— Não esquenta, obrigado! A gente se vê amanhã então!

— Tudo bem, até amanhã... — e se despediram com um beijo.

Allec começou a descer pela grade e quando viu que ela se distraiu com o barulho dos pais, pulou de quatro metros de altura, sem ela notar e correu em direção a sua casa.

Aproximadamente dez e meia da noite, Allec chegou em sua casa e não encontrou seu irmão.

— De novo John? — disse indignado, pois esperava encontrá-lo, ainda mais em um tempo chuvoso.

Um uivo quase imperceptível surgiu no mesmo instante. Allec correu até a janela e avistou seu irmão, transformado e camuflado entre as sombras do jardim. Ainda chovia muito e ao abrir a janela, John saltou para o mais próximo possível do banheiro, porque ficara ensopado. Allec resmungou, por quase ter caído no chão ao desviar do irmão. Fechou bruscamente a janela e cortinas e caminhou até o banheiro, onde estava o irmão, se secando de maneira canina. Os dois se entreolharam e John afirmou:

— Nem venha me falar nada, eu vi que você chegou agora também!

— Ah é? E onde você esteve? — Allec retrucou.

— Tá ficando surdo? Pergunto o mesmo a você!

— Eu fiquei estudando na casa de uns amigos... — respondeu cruzando os braços.

— Sei... — John se aproximou e o farejou. — Vá tomar um banho, você tá fedendo a humano. — ele foi até seu armário pegar uma toalha, ainda em sua forma bestial.

— E você John? Cadê suas roupas?

— Infelizmente eu as perdi na caçada... As joguei no lixo. — disse revirando seu armário.

— Cabeçudo! Alguém poderia te ver! — Allec o repreendeu, socando seu irmão no braço. Caminhou até o armário e enquanto também mexia em sua gaveta, comentou chateado: — Valeu por lembrar de mim de novo!

— Não enche, você parece que ficou bem ocupado também. Amanhã iremos caçar então! Às 22h00. Não se atrase.

— Tá, tá! Digo o mesmo. — Allec respondeu fechando a porta do banheiro e pensou: "Seja lá o que estiver escondendo John, cedo ou tarde eu irei descobrir."

John e Allec Mool.

<h1 style="text-align:center">CAPÍTULO 6
Acira</h1>

O tempo estava nublado em Lakehaven e já escurecia. Os pais de John haviam saído para caçar, junto de seus amigos.

John com seus 10 anos de idade, acordou num sofá e viu Acira sentada no chão de costa para ele. Ela era filha dos amigos de seus pais, que os visitavam de tempos em tempos. Sentada no sofá e encostada em seu pé, encontrava-se Leonor, tia de Acira. Ambas assistiam TV, mas ao notar que John acordara, Leonor comentou:

— Já acordou John! — e o cutucou no pé. — Levanta! Daqui a pouco eles estarão de volta com o jantar. — disse sorrindo. Acira o encarou e sorriu. Ambas eram loiras de olhos castanhos claros e com a pele similar a neve.

John obedeceu sem dizer nada e se sentou no sofá. Escutou um choro de bebê vindo do andar superior, supôs que fosse Allec. Leonor se levantou e caminhou em direção ao quarto do bebê, dizendo as duas crianças, que voltaria logo. Ao sumir nas escadas, Acira levantou rapidamente e o puxou pra fora da casa dizendo:

— Vem John, tava esperando você acordar.

— Por que Acira?

Ela apenas sorriu em resposta e o largou, começando a correr em direção as árvores.

— Espera Acira! Não é melhor avisar a tia Leonor? — John correu atrás dela, mas ela não respondeu.

Correram por alguns minutos e desceram uma ribanceira. Acira se agachou num arbusto e John a imitou.

— Olha. — disse Acira mostrando um alce ferido e parecia ter sido abandonado pelo bando, mas era só um filhote. — Eu o farejei John! — disse rindo baixinho.

— Lá de casa? — perguntou surpreso, pois ela era dois anos mais nova do que ele.

Ela apenas balançou a cabeça positivamente.

— Que incrível Acira! Mas o que vamos fazer?

— Vou chamar a tia para abatê-lo...

— Hum... Vamos então. — disse pegando na mão dela se levantando. Ao se virarem, se depararam com a suposta mãe do filhote ferido, que batia os cascos no chão, demonstrando hostilidade.

Acira começou a tremer, John apertara sua mão e sussurrou:

— Corra quando eu disser...

O alce não tirava os olhos deles, até que avançou.

— Agora! — gritou John a puxando para outro lado. Os dois eram apenas crianças e mesmo sendo lycans, um alce possuía força suficiente pra matá-los.

— John! — Acira gritou ao prender o pé num buraco. Ele ficou sobre ela e se preparava pra receber a pancada no lugar dela.

— Corra John... — ela gritou e o empurrava chorando, para que fugisse. — Nãooo!

Com a adrenalina ao extremo, ele não a ouviu e quando a mamãe alce empinou-se pra cima para golpeá-lo com seus cascos, ele apenas fechou os olhos e pôde ouvir as batidas de seu coração acelerado.

Por um milagre, quando os abriu novamente, seu pai e mais dois lobos a derrubavam.

Olhou para o lado e avistou uma loba de pelos dourados se aproximando dos dois, que estavam caídos no chão.

— Mãe? — perguntou John entre lágrimas.

— Vocês estão bem? — perguntou a loba e ele a abraçou com força.

— Tia! — Acira também a abraçou.

— Escutamos os gritos, por sorte estávamos por perto.

Barbara, John e Acira.

— O que diabos estão fazendo aqui John? — seu pai perguntou se aproximando grunhindo os dentes, após abater a mãe e o filhote de alce. — Se chegássemos apenas um minuto mais tarde, vocês poderiam estar mortos! — ele rosnou. — Está de castigo!

— Desculpa pai. — as duas crianças começaram a chorar.

— Calma amor, vamos pra casa e lá conversamos ok. — disse Barbara, pegando os dois no colo e andou sobre as duas patas.

Charles rosnou e voltou sua atenção para os amigos.

— Vamos levá-los, avise a Glória e Richard que estão com o outro alce. — ordenou e começou a puxar o filhote sozinho. Enquanto um dos amigos uivava, o outro lycan começou a arrastar a mãe alce.

Ao se aproximarem da casa, John avistou Leonor na porta com Allec no colo, com uma expressão preocupada.

— Graças a Deus! — ela correu e foi até John e Acira, que andavam com as mãos dadas com Barbara. Sua visão começou a embaçar quando ela se aproximava.

— John... — escutou ela chamar. — John... — a voz dela foi ficando distante.

— John! — gritou seu irmão. — Você está bem mano?

— Hã? — ele despertou assustado e suando. — Foi um sonho? — ele levou suas mãos a sua cabeça. — É a terceira vez que tenho o mesmo sonho nesta semana.

— Quem é Acira John? Você diz o nome dela às vezes quando está sonhando.

— Era uma amiga de infância, faz mais de 10 anos que não tenho notícias dela, nem de sua família. — ficou com um olhar distante por um momento, se recordando que depois do incidente com a mamãe alce, a família de Acira nunca mais os visitaram e se questionou o que teria acontecido com eles.

— Bom, eu já vou indo então... — Allec disse pegando a mochila.

— Que horas é Allec?

— 7h45min...

John pulou da cama e correu para o armário.

— Droga, por que não me chamou? Estou atrasado para o serviço!

— Mas você mesmo me disse ontem, que ia entrar depois do almoço, esqueceu?

— É verdade...

— Tá com a cabeça aonde John? Eu hein... Falou! —

disse fechando a porta.

— Nem eu sei... — John pegou algumas roupas e foi se banhar. No banho se refugiou em seus pensamentos e sentia-se inquieto, por estar revivendo estas lembranças e ainda mais recordando-se de sua única amiga, como se fosse um pressentimento. Desligou o chuveiro e pensou alto: — Eu devo estar delirando, ela pode até estar morta.

Tinha se passado um mês, desde que John comera carne humana e seu organismo ansiava novamente pelo sangue deles. John passara a maior parte do tempo meio aéreo. A abstinência por sangue humano, dava a sensação de que enfraquecia. No café da tarde, ficou tomando um ar na saída dos fundos da cozinha, com acesso a um pequeno corredor, que destinava-se a rua e no caminho havia algumas caçambas de lixo.

Uma jovem moça loira o avistou e se aproximou para pedir-lhe informação. Ela usava óculos escuros, carregando apenas uma pequena mala e vestia uma calça social preta e um casaco azul marinho. Ela o cumprimentou e John retribuiu, lançando um olhar ligeiro para o corpo da moça.

— Moço, por gentileza, eu estou procurando por um homem que trabalha neste hotel... Eu iria pedir informação para a balconista, mas acho meio inconveniente conversar com ele em pleno expediente.

— Qual o nome dele?

— É John... Na verdade, não sei se é exatamente neste hotel que ele trabalha... Só sei que ele trabalha nesta rua.

— Bom, depende... — John fez uma cara pensativa e desconfiado, pois o cheiro da moça era diferente das fêmeas humanas. — Eu conheço duas pessoas com esse nome, mas quem os procura?

— Eu preciso conversar com ele urgente, sou uma amiga.

— Hum, entendo... Na verdade um trabalha neste hotel,

mas já foi embora. Tente vir amanhã... — disse andando até a porta. — Preciso ir, me desculpe.

A moça não respondeu, mas deu um sorriso discreto quando John abriu a porta e ela disse:

— Nossa... Grande amigo você... JOHN MOOL. — disse bem lentamente o nome dele, com um sorriso de orelha a orelha.

John se virou rapidamente surpreso, porque há muitos anos não usava seu verdadeiro nome.

— Não me reconhece depois de todos esses anos? — ela retirou os óculos.

"Não acredito... Os mesmos olhos de boneca, só podem ser da...", pensou. — É você mesma... A-Acira? — John perguntou quase que gaguejando e desconfiava que seu cheiro fosse familiar, sendo que na última vez que a vira, seu olfato não era tão bom como agora.

— Há quanto tempo John!

Já fazia um mês, em que Allec pedira Jennifer em namoro aos pais dela. Desde que começaram a namorar, Allec passava bastante tempo na casa dela, que foi uma das exigências dos pais de Jenny, pois assim saberiam que sua filha sempre estaria em um lugar seguro. Allec concordou, até porque ambos eram bem caseiros. Cada vez mais se apaixonava pela garota, que tinha um ar misterioso e meigo ao mesmo tempo, além de partilharem os mesmos gostos por vídeo games e estudos, mas não contara nada a John.

John acompanhara Acira até sua humilde casa.

— Fique à vontade. — disse ele enquanto fechava a

porta. — Só não ligue pra bagunça...

— Relaxa, estou acostumada e não mudou nada desde aquela época... Seu quarto era exatamente igual. — disse rindo e se acomodando no sofá.

— Muito engraçado, vindo da destruidora de roupas! — John lançara um olhar sarrista e foi até a geladeira. — Quer alguma coisa pra beber ou comer?

— Não obrigada, eu já comi.

— Está bem. — John encostou-se na mesa da cozinha e fixou o olhar nela.

— Que foi? — perguntou encabulada.

— Não consigo acreditar que está aqui... Depois de todos esses anos.

— O tempo passou muito rápido, não é? — ela sorriu e desviou o olhar.

— E como... — John cruzara os braços. — Acira... Não querendo ser indelicado, mas não está me parecendo que veio apenas como visita, você cheira a nervosismo desde que me encontrou... — John riu e disse. — Não se intimide por causa deste belo macho a sua frente, você não é assim.

— O quê? Cala boca John! — disse lançando uma almofada na cara dele e riu. — Não seja convencido!

— Não, mas sério agora, tem algo te incomodando... O que é?

— Você tem razão... — o sorriso cessou-se. — Eu estava de passagem, mas senti seu cheiro na região e resolvi vim alertá-lo.

— De quê?

— Há caçadores nesta cidade.

— Como pode ter certeza?

— Estão suspeitando de alguns casos...

— Do que você está falando?

Ela não respondeu e mexeu em sua bolsa, tirando alguns

papéis dobrados e entregou a John. Quando ele olhou as manchetes de jornais, se espantou e perguntou:

— Como conseguiu isso?

— São casos atuais, alguns curiosos devem ter tirado fotos antes da polícia encontrá-los, que acabou parando na internet... E se eu consegui te encontrar, eles também irão...

John apertou as folhas e ficou pensativo, pois eram os casos de assassinato, que ele havia cometido.

— Uma família que veio morar recentemente aqui, notou a "movimentação" fora do período da lua cheia e estão chamando os companheiros para cá... Mais deles virão. — ela continuou se referindo aos Evis e caminhou até John. — É por isso, que preciso da sua ajuda... — disse levando sua mão ao rosto dele.

— Minha ajuda pra quê? — perguntou lhe entregando as folhas.

Ela se aproximou do ouvido dele e sussurrou:

— Matar todos eles...

John se surpreendeu com as palavras dela e a afastou de si.

— Não matamos humanos é proibido! — afirmou John engolindo em seco, suas próprias palavras.

Acira riu e abriu as manchetes em sua direção. — Estas fotos dizem ao contrário de você ou será o seu irmão?

John pegou as fotos com as notícias novamente e guardou em seu bolso, mais tarde se livraria delas e suspirou antes de dizer:

— Você não entende... Eu precisei.

— Admita John, as carnes deles são até melhores do que de alces... Eu também já provei. — Acira sentou-se no sofá novamente. — Além de ser um alimento em abundância, uns três ou quatro por mês não fará falta.

"Essa não é a doce e gentil Acira que eu conhecia...",

pensou e se sentou ao lado dela no sofá e manteve o olhar longe por alguns segundos, antes de dizer: — Só me diga o verdadeiro motivo de estar fazendo isso.

— Vingança! Irei me vingar deles, por terem destruído toda a minha família e a de todos os outros, que também foram vítimas desses desgraçados.

— Você sabe que nem tudo se resolve na violência... E matá-los não irá trazê-los de volta.

— Eu sei, mas não posso mais voltar atrás John, já percorri um longo caminho e vi muitos dos nossos serem massacrados, sem um pingo de piedade... Estão planejando um extermínio de nós "puros", que é como eles nos chamam, pois somos a fonte do sangue da licantropia. — ela desviara o olhar. — Se não quiser se envolver eu entendo, afinal você tem que cuidar de seu irmão também.

— Você só pode estar brincando, se pensa que vou deixá-la se envolver nessa sozinha, afinal é muito perigoso. — John levou sua mão ao rosto dela, a guiou suavemente, para que o encarasse e continuou:

— Que lycan eu seria, se abandonasse alguém de minha própria espécie... Eu meio que estava pressentindo isso.

— Como assim?

— Esses dias eu andei sonhando com aquela caçada ao filhote, em que fomos escondidos e tomamos um grande susto.

— Eu me lembro... Foi horrível...

— Eu fiz uma promessa a mim mesmo naquele dia, que não a deixaria se machucar... E uma promessa para um lycan é dívida... Só peço que por favor, não conte sobre essas fotos ao meu irmão.

— Tudo bem... Obrigada John! — ela o surpreendeu com um abraço, suspirou e disse em seguida, com uma voz nostálgica: — Essas lembranças... Eu fui uma tola na época, fiz aquilo pra te impressionar e eu quase matei a gente.

— Nós éramos crianças. — John riu.

— Eu não sabia mais a quem recorrer... — ela se afastou lentamente e agradeceu. — Obrigada. — disse com seu rosto bem próximo ao dele.

John notara que o coração de ambos se acelerara e haviam corado suas bochechas.

— Não é nada. — John respondeu baixo e sentindo a respiração dela. Estavam quase completando o caminho do beijo, até que escutaram a porta destravar e pularam do sofá, ficando ambos em pé quando Allec entrou.

— Olá? — Allec parou na porta ao avistar Acira.

— Olá! — respondeu tímida.

— Allec, esta é Acira, ela é uma amiga de infância. — disse gesticulando para ela, enquanto Allec se aproximava. — E Acira, lembra-se de Allec?

— Me lembro sim! Como você está enorme! É a cara do John de quando era mais novo.

— Me desculpe, mas não me lembro de você...

— Não é pra menos, você tinha um ano da última vez que ela nos visitou. — respondeu John.

— De qualquer maneira, é um prazer conhecê-la. — Allec disse a cumprimentando com um aperto de mão animado, porque há muitos anos não via alguém, além de seu irmão de sua própria espécie.

— O prazer é todo meu querido.

— Bom, fique à vontade, vou dar mais uma estudada, porque amanhã tem prova, com licença. — disse caminhando até a bicama.

— Vai lá mano, você vai passar com certeza!

— Tomara! — respondeu Allec, revirando o material em sua mochila.

John fizera um sinal com os olhos para Acira em direção à porta, como se dissesse para ela se retirar junto dele, para darem continuidade ao ato interrompido por Allec, mas ela apenas lhe lançara um sorriso.

— Bom, já está tarde, eu já estou indo dormir gente. — disse Acira se ajeitando no pequeno sofá de dois lugares.

John e Allec olharam surpresos pra ela.

— Não quer dormir aqui na cama? Afinal você é uma convidada. — perguntou Allec.

"Não me lembro de ter dito para ela ficar aqui... Pensei que estivesse hospedada em algum hotel.", pensou John e coçou a cabeça.

— Não se preocupe, aqui está confortável, obrigada!

— Tudo bem. — Allec respondeu voltando a ler.

— Er... Vou pegar um edredom... — John disse abrindo o armário e jogando o cobertor sobre ela em seguida, que beliscou sua perna e piscou pra ele.

— Obrigada! — virou-se de costas para os irmãos. — Boa noite!

— Boa noite! — respondeu ambos e Allec lançara um sorriso maroto para John, que deu de ombros e acabaram adiando a caçada, que iriam na madrugada.

Na manhã seguinte, John acordara assustado, por causa de um sonho, em que ele fugia de caçadores, mas que logo esqueceu ao notar que Acira não se encontrava no sofá.

— Acira? — perguntou olhando ao redor, mas também não viu nenhum sinal dela no banheiro.

Allec despertou com o chamado de seu irmão e se sentou na cama. Enquanto o irmão guardava o edredom dobrado no sofá, perguntou:

— Você gosta dela, né John?

— Do que você está falando?

— Eu vi o jeito que vocês se olharam ontem à noite... — comentou com um sorriso maroto.

John erguera uma sobrancelha para ele e retrucou indo até a geladeira. — Somos apenas amigos... Aliás, desde quando você entende sobre fêmeas?

— Desde que comecei a namorar... — Allec disse se debruçando na janela, que era encostada em sua cama e tomou coragem para contar a seu irmão, pois se John tinha uma namorada, ele também poderia ter.

— O quê?

— Relaxa John, é apenas uma humana, ela estuda comigo...

— Deve terminar com ela, você sabe muito bem, que é muito perigoso o relacionamento com humanos! — afirmou sério, batendo a porta da geladeira com força e com os olhos de sua forma lycan. — Já conversamos sobre isso, é bom fazer o que eu tô pedindo! — John rosnou indo até a porta de entrada.

— Você é que tá ficando paranóico! E se você tem, eu também posso ter! — retrucou enquanto caminhava até o banheiro e fechou a porta com força.

— Já disse que somos apenas amigos! — reafirmou em tom alto e levou sua mão na maçaneta, que girou no mesmo instante em que puxou.

Acira tinha empurrado a porta e se desequilibrara, caindo em cima dele e foram ao chão, chocando suas cabeças um no outro.

— Hã? — John sentiu-se levemente atordoado, devido a cabeçada e também algo macio em seu peito. Seus pelos se arrepiaram e seu corpo começou a ferver, quando notou que eram os seios de Acira. Algo mais embaixo começara a formigar entre as pernas dela e gritou: — Acira!!!

— John?! Ai meu Deus, me desculpe por isso... — disse corando e se levantando, saindo de cima dele envergonhada, pois estavam numa pose constrangedora.

— N-Não é nada... O-Onde você estava?

— Fui buscar o café! — disse mostrando duas sacolas de plástico, que estavam com as alças amarradas.

John observou as sacolas e em seguida olhou pra ela.

— Que cara é essa? Não achou mesmo que eu iria embora sem me despedir, achou? — disse levando as sacolas até a pia e mexendo nos acessórios, ficando de costas para John, que também se levantou.

— Em questão a isso você não mudou nada. — ele comentou e começou a observar as curvas, que ela possuía. Sentiu vontade de lambê-la e enquanto a admirava, lambeu os beiços, desejando-a. Acira, sua companheira de aventuras na infância, era vista com outros olhos agora. John ficou hipnotizado pela bela visão a sua frente, da pequena ser frágil e atraente em que ela tinha se tornado. — Uma bela fêmea. — pensou alto falando bem baixinho.

— O que disse? — voltou seu olhar pra ele, que corou.

— Hã? Não... Nada...

— Tá bem, mas venha me ajudar com isso aqui. — pediu, pegando as carnes. — Onde estão as panelas?

Allec saíra do banheiro enxugando o cabelo e disse:

— Bom dia Acira!

— Bom dia querido!

Allec encarara John e sorriu maliciosamente, sem que ela notasse.

John apenas deu de ombro e erguera as sobrancelhas.

— Sabe Acira... Estávamos comentando, se você por acaso, não gostaria de caçar conosco hoje à noite? — Allec mentiu, pois não comentara nada.

— Mas é claro! Eu adoraria! — ela sorriu e socara John levemente no ombro. — Por que não me disse nada John?

— Eu iria dizer, mas você já aceitou... Então, não preciso mais. — disse em seguida encarando seu irmão.

— Está bem... — ela sorriu pra ambos e deu continuidade ao café, que preparava para eles.

Acira em forma lupina.

CAPÍTULO 7

Alpha

Era madrugada e os lycans já se encontravam dentro da floresta com densas árvores e pinheiros, que rodeava a cidade de Tusneer.

— Onde ela está John? — perguntou Allec transformado, enquanto farejava o ar.

— Ela deve estar chegando, combinamos de nos encontrar aqui.

Ambos aguardavam por Acira, que se transformara a uns 50 metros de distância dos dois, devido ao desconforto de se despir entre eles. Era uma noite fria e conforme a previsão do tempo nos jornais, a neve cairia em breve.

Uma semana havia se passado, desde que Acira encontrara John e Allec. Ela se tornara companheira de quarto dos irmãos, mas sempre dizia que sua estadia seria breve. Ajudava nos serviços domésticos e nesta madrugada seria a segunda vez que caçariam juntos.

— E aí rapazes, desculpe a demora... — disse saindo do meio de alguns arbustos. Acira possuía uma pelagem clara como o algodão, com alguns tons caramelos em suas costas e entre os olhos.

— Sem problemas, vamos arriscar mais próximos da montanha hoje, talvez tenhamos sorte... — John caminhava na frente, seguido por Allec e Acira. Allec sugerira caçar uma vaca na mesma fazenda, em que se depararam com o casal de fazendeiros da última vez. John discordou, visto que seria muito perigoso, por haver humanos por perto.

Acira então sugeriu pesca e os machos olharam surpresos pra ela, que perguntou:

— Vai me dizer que nunca pescaram?

— Não somos tão bons nisso... — Allec disse abaixando as orelhas.

— Bom, então deixe que eu ensine a vocês! — afirmou passando na frente dos dois e os guiando até o riacho. Infelizmente quando chegaram à margem do rio, o frio já o havia dominado. Acira rosnou em direção ao rio, devido a frustação e sentou-se, sentido-se inútil e resmungou:

— Não é nosso dia de sorte hoje.

John aproximou-se dela e a lambera carinhosamente perto da orelha, como se a agradecesse pela tentativa e comentou:

— Encontraremos algo, não se preocupe.

Allec para animá-la, se aproximou de Acira abanando a cauda e comentando, que gostaria de aprender a pescar quando o tempo fosse favorável. Ela se levantou e concordou imitando o gesto corporal de Allec.

— Quietos! — John gritou para os dois ficando imóvel.

— Que indelicado John... — Acira retrucou.

— É John, você não manda em mim! — resmungou Allec.

— Não... Não é isso... Escutem. — ordenou e os três ficaram em silêncio por alguns segundos.

— Não ouço nada. — disse Allec.

— Está quieto demais. — comentou Acira.

— Tem alguma coisa na floresta, que espantou os animais... — John começou a caminhar na direção em que vieram da cidade, mas a mesma não era mais visível, pois estavam a uns três quilômetros de distância. Acira e Allec permaneciam imóveis. John parou repentinamente ao avistar um brilho entre as árvores. — Abaixem! — gritou há alguns segundos, antes de ouvirem um tiro acertar as árvores entre eles. — Corram agora!

Allec saíra na frente. — Pra onde iremos John?

— Vá pra casa Allec, irei atraí-lo para outro lado. — ele parou e correu para outra direção.

— O que, mas... — ia atrás de seu irmão, mas Acira entrou em seu caminho.

— Vá querido, é muito perigoso! Eu tomo conta dele, não se preocupe...

— M-Mas Acira é perigoso, como você mesma disse!

Acira riu. — Você é muito jovem Al, já eu vivo sozinha há muito tempo e sempre me deparo com eles, acredite, eu não sou o que minha aparência transmite ser...

Allec hesitou, mas acreditou nas palavras dela e deixou seu irmão em suas mãos. — Está bem, tenha cuidado... — e disparou para o lado oposto à John.

John avistara o caçador, que tentava contato visual com um óculos noturno, mas o perdera de vista, pois ele se camuflava graças a sua pelagem. Acira logo se aproximou ao seu lado rastejando.

— E aí, quantos deles estão aqui? — ela sussurrou.

— Apenas um, não é estranho?

— Não, é bem típico de eles quererem levar créditos sobre os outros, abatendo mais de nós... Infelizmente esse pobre coitado, não tem ideia de que está lidando conosco, ele pensa que somos simples transformados, por ser lua cheia.

— Hum... Entendo... Quer fazer as honras?

— Eu vou surpreendê-lo e você o ataca! — Acira disse dando a volta no perímetro em que o homem estava, enquanto John se aproximou o máximo que pôde, só aguardando o momento exato para derrubá-lo. Acira apareceu repentinamente na frente do caçador e John aproveitou a oportunidade para mordê-lo no pescoço e por causa disso, o caçador errara o disparo contra a loba.

Acira se aproximou do corpo e ambos uivaram.

— Quer o primeiro pedaço? — John perguntou lambendo os beiços.

— Não, perdi a fome... — ela disse encarando-o e indo em sua direção, que sem entender permaneceu como uma estátua.

Passou direto por ele, se esfregando em seu corpo. Os instintos animais de John pulsaram dentro de si. Sentiu seu corpo estremecer com os pelos sedosos de Acira acariciando o seu. Ela também emanava um cheiro, que apenas outros animais de olfato apurado podiam sentir, que o atraía. Quando sua cauda encostou-se ao pescoço de John, com seu genital já ereto, por causa do atrito que ela causara, instintivamente levou sua pata até a cintura dela e queria mais que tudo penetrá-la. Ao sentir a pata dele, ela se virou rapidamente e ficou numa posição com o traseiro empinado, abanando sua cauda e as patas dianteiras esticadas ao chão, como se o convidasse para brincar.

— Me desculpe. — John forçou-se para recuar e se segurava para não dominá-la, também ficou nervoso, pois nunca havia se acasalado com uma lycan, além do fato de não ser uma qualquer, mas sim sua velha e companheira amiga de infância.

— Não se desculpe querido... — ela se aproximou lentamente e se esfregou no pescoço dele. — Eu também quero isso... Mas você vai ter que... Me pegar! — sussurrou e correu sumindo entre os arbustos.

John ficou congelado por um segundo e logo disparou atrás dela, esquecendo completamente o caçador morto.

— Hey, Acira espere!

— Tente me alcançar John! — afirmou rindo.

John sentiu seu coração palpitar mais rápido, devido à necessidade que sentiu de tocá-la. Ele era mais veloz e começou a se aproximar. Tomou alguns dribles com ajuda de algumas árvores, até que se aproximou o suficiente para dar um salto e agarrar a cintura dela.

Os dois rolaram uns cinco metros depois da queda no meio da folhagem. John ficara por cima dela e afirmou:

— Te peguei!

— Que bom que me alcançou! — e o lambeu no rosto. John retribuíra a lambida e foi descendo para o pescoço dela.

— Acira... Você não tem ideia do quanto eu te quero. — sussurrou entre as lambidas e fungadas de excitação.

Acira aproveitou que ele se distraiu, pegou um impulso e o empurrou para o lado, de maneira que inverteu as posições. Agora com ela por cima dele. Deu uma fungada e lambida em sua orelha e disse:

— Sempre estivemos destinados um para o outro... Então agora... Seja meu alpha John!

— Será um prazer! — John inverteu as posições novamente, ficando por cima dela.

Ela mordiscou de leve o pescoço dele, deslizou seu braço direito para o outro lado e virou seu corpo, ficando de costas para ele, pronta para o acasalamento. Continuou mordiscando o pelo dele que retribuía com lambidas.

Allec esperava acordado na janela de sua casa e ouvira novamente outro uivo de lobos a quilômetros de distância. Com este já era o sexto que ouvia e sentiu-se aliviado, supondo que fossem John e Acira e imaginava o que os dois estariam fazendo.

John e Acira.

CAPÍTULO 8

Relacionamentos

— Alô Jenny, bom dia amor... — Allec telefonara pra ela, era sábado às 9h da manhã e ainda não tivera notícias de seu irmão e Acira da noite anterior. — Que horas eu posso passar aí hoje?

— Bom dia amor. — Jennifer respondeu com uma voz doce, porém hesitante. Ela se desculpou, dizendo que não poderia falar naquele momento, porque estava para receber visitas em sua casa e continuou: — Qualquer coisa eu te ligo mais tarde, tudo bem?

— Tá tudo bem amor? — Allec sentira sua voz nervosa.

— Está, estou bem... Mais tarde a gente se fala, ok?

— Tá bem, beijos, te amo.

— Também te amo, beijos. — e ela desligara o telefone.

Por um momento Allec supôs, que poderia ter acontecido algo de ruim com a família dela. Esperava que tudo estivesse bem, mas logo despertou de seus pensamentos ao ouvir a porta destravar e sorrisos invadirem o cômodo.

— Al! — Acira correu ao seu encontro e o abraçou. — Que bom que você está bem!

— Eu que pergunto... Vocês estão bem? — retribuiu o abraço e olhou pro seu irmão desconfiado, que sorria pra ele.

— Melhor do que nunca mano!

Acira se soltou e foi abraçar John, enquanto dizia:

— Temos novidades Al...

— O que é?

— A partir de hoje, Acira será parte de nossa matilha. — John sorriu e a beijou na frente de Allec.

— Eu já suspeitava! — Allec riu e se levantou da bicama. — Seja bem-vinda oficialmente Acira!

— Obrigada Al! Eu amo estar com vocês... Há muito tempo eu vaguei sem um lar, mas agora com vocês me sinto mais segura! — e apertou, John que a abraçou e sorriu.

Jennifer e sua mãe Eleonora foram de carro ao local do incidente, após receberem o telefonema de Marcus. Seu pai se encontrava junto de Robert, irmão da vítima, que também trabalhava para a polícia e recebera a denúncia da testemunha, que encontrara o corpo e já estava na delegacia. O homem morto era primo de Jennifer de 2º grau, por parte de pai. Ele tinha acabado de chegar de viagem e não possuía muito contato com ele. A adolescente sempre acompanhava seus pais nestas ocasiões, desde seus sete anos de idade e na maioria das vezes ficava animada para investigar junto de sua família, porém desta vez seus pensamentos estavam distantes e em outra pessoa. Allec. Nunca havia passado por sua cabeça arranjar um namorado, mas como as coisas simplesmente aconteceram, ela começou a mudar seu modo de pensar. As investigações que antes eram divertidas, agora sentia-se entediada e ao mesmo tempo chateada consigo mesma, por ter mentido para Allec, porque estar junto dele a fazia esquecer dos problemas.

— Suponho que tenha sido um casal, há pegadas grandes e menores ao redor do corpo... — comentou Marcus apontando para elas.

— O coração dele está intacto não é? Então, por que o matariam? — perguntou Robert.

— Se realmente for um casal, eu suponho que tenha sido uma maneira de cortejar a fêmea, que ao presenteá-la, decorreu a um acasalamento e esqueceram-se dele. — comentou Eleonora.

— Mas afinal, vocês acham que foram transformados ou não? — Robert questionou.

— Bom, ontem era lua cheia, fica difícil dizer... — disse Jennifer.

— Droga... — praguejou Robert. — Transformados ou não, eu vou acabar com esses filhos da puta.

— Sinto muito Robert, mas você precisa se acalmar, não podemos sair assim sem planejar algo. — Eleonora comentou. — E seja lá quem forem, ainda devem estar na cidade.

— E sobre nosso informante pai, sabe de alguma coisa? — perguntou Jennifer.

— Segundo informações, se ainda estiverem na cidade, daqui um a dois dias sairão para caçar novamente, pois como esta vítima ficou intacta, eles precisarão se alimentar.

— Precisamos nos preparar e encontrá-los custe o que custar! — afirmou Eleonora.

|||

Allec não recebera notícias de Jennifer durante o final de semana, chegou a mandar mensagens de texto pelo celular e telefonar, mas ela não retornou. Na segunda-feira, esperou por ela no portão da escola até bater o sinal e quando foi entrar, uma voz familiar chamara seu nome.

— Allec! — Jennifer correu e o surpreendeu com um abraço.

— Jenny! Está tudo bem?

— Me desculpe não ter entrado em contato no final de semana, um primo meu faleceu no sábado à noite e levamos o corpo dele para sua cidade natal...

— Nossa... Sinto muito amor... Não é melhor você ir pra casa?

— Não, eu estou bem... — Jennifer o beijou e em seguida o guiou, puxando-o pela mão para dentro da escola e comentou: — Vamos pra sala, antes que nos peguem no corredor.

———————— ⦙⦙⦙ ————————

John voltava do trabalho e caminhava depressa. Quando estava a apenas uma quadra de distância de sua casa, começara a suar e seus pelos ficaram arrepiados, quase como sempre acontecia antes de se transformar. O inverno já se iniciara e todos na rua caminhavam bem agasalhados, exceto John, por possuir uma temperatura corporal muito elevada. O que causava essa ansiedade nele era o período lunar da lua cheia, que não podia evitar. Ao chegar à sua casa, fechou a porta de maneira estrondosa, que assustou Acira, que mexia no fogão.

— John! Querido, o almoço está quase pronto! Temos bife bem mal passado acebolado! — ela sorriu pra ele.

John permaneceu em silêncio, devorou-a com os olhos e foi em sua direção. Beijou-a profundamente e saciou a ansiedade de suas mãos ao tocá-la. Levantou-a, colocou-a em cima da mesa e sussurrou: — No momento quero comer outra coisa... — ele começou a mordiscá-la e lambê-la na orelha.

— Mas John... Seu irmão chegará daqui a pouco da escola. — disse esfregando as mãos no cabelo dele e já sentia-se excitada.

— Não posso evitar, você é muito saborosa Acira... — disse e levou uma das mãos na parte íntima dela, que ficara com os olhos amarelados.

John apenas retirou a calcinha dela, porque ela usava uma saia. Infiltrou seu rosto entre as pernas dela, que desaparecera entre o tecido da saia e começou a lambê-la.

Ela começara a gemer e retirou a camiseta dele rasgando o tecido, enquanto com uma mão, ele desabotoava o cinto da calça. Voltou a beijá-la no pescoço e a penetrou.

— Ahhh... John... Ahhh. — Acira começou a gritar, mas John voltara a beijá-la para silenciá-la.

John agarrou as coxas dela e a pegou no colo, sem pararem o ato sexual e lentamente se sentou no chão, de maneira em que ambos ficassem confortáveis. Acira não parava de se mover, seus olhos, dentes e garras de loba haviam surgido e começou a arranhá-lo nas costas.

Num movimento que John a ajudara a fazer, ela cravou suas garras na carne, o fazendo gritar por um momento, surgindo seu olhar e presas lupinos e ambos trocaram rosnados por alguns segundos. Ele sorriu, se deliciando com o cheiro de seu próprio sangue. Alguns minutos depois, quando chegavam ao clímax, o alarme de incêndio disparou, por causa da comida que Acira esquecera no fogo e começou a molhá-los.

— Ahhh... O quê? — Acira se assustou com o alarme. Olhou pra John de maneira irônica. — Olha o que você me fez fazer!

— Não tem problema, depois a gente seca... — disse e a beijou.

— Assim eu não consigo, depois continuamos isso... — e piscou pra ele se levantando, indo em direção ao banheiro, após desligar o fogo.

John vestira apenas a calça e desligara o alarme, ao se virar recebeu uma toalha na cara desprevenido.

— Vamos tentar secar antes que Allec chegue! — afirmou Acira. Poucos minutos após começarem a secar o chão, móveis e utensílios domésticos, acabaram se empolgando em uma guerra de toalhas, que só foi interrompida quando Allec abriu a porta e perguntou pasmo:

— Mas o que aconteceu aqui?

— O alarme de incêndio disparou... — Acira disse.

— E arruinou nosso almoço... — completou John. — Vamos almoçar fora, porque daqui a pouco terei que voltar para o trabalho.

Após trocarem de roupas, os três foram numa lanchonete, que se encontrava na esquina do quarteirão de onde moravam.

Acira brincava com o pote de catchup, enquanto John e Allec escolhiam os lanches. Após escolher, Allec olhou por um momento na janela e por coincidência, se deparou com Jennifer passando junto de sua mãe e do outro lado da calçada. Ficou com o olhar distante por alguns segundos.

— Hã? — Acira olhou na mesma direção, acompanhada por John e perguntou: — Já vi aquela garota andando pela cidade, você a conhece?

— Sim, ela é minha namorada... — Allec disse voltando o olhar para o cardápio, pois sabia que John não gostou do que acabara de ouvir.

— Sério? — Acira perguntou alegremente. — Por que você não nos apresenta? Ela parece legal e é muito bonita!

— Ela é... Só que... — Allec olhara para seu irmão e fora interrompido.

— Eu já te avisei sobre isto Allec... Isto é completamente proibido. — John disse sério.

— Ah qual é John? — Acira o cutucou no braço. — Deixa de ser mente fechada, não tem nada demais ele namorar ela!

— Viu John, não sou só eu que acho isso! — Allec retrucou.

— Ah é? Por acaso ela sabe o que você é de verdade? — perguntou John ficando furioso.

— E-Eu não tive oportunidade ainda de dizer... Mas...

— E nem vai! Porque se eu desconfiar que ela saiba de algo, você realmente vai me ver zangado! — afirmou rosnando e apertando o cardápio.

— Calma John, também não é tão grave assim... — Acira pegou no braço dele.

John suspirou. — Bom... Está avisado, já que não quer me ouvir.

Allec não falara nada e apenas esfregou os olhos, que estavam lacrimejando. — Me desculpe Acira, eu perdi a fome... — disse se levantando e saindo da mesa bufando a raiva.

— Ah qual é meninos... Hey, Al espera! — Acira se levantou, mas John segurou em seu braço.

— Deixe-o ir...

— Não precisava ter dito aquilo John...

— Ele precisa entender que é para o próprio bem dele, esta garota nunca o aceitará se descobrisse sobre o que realmente somos... Ele vai acabar se magoando.

Acira deitara a cabeça no ombro dele e disse:

— Faça as pazes com ele, afinal é seu irmão e se ele tá a fim da menina, deixe, pois está numa fase de descobertas... E não acho que alguns beijos sejam perigosos... — disse beijando John na bochecha.

— Está bem... Irei falar com ele.

A conversa entre os irmãos a respeito da namorada de Allec ocorreu durante a noite, assim que John chegou do serviço. Acira, que assistia ao jornal local com Allec, se levantou do sofá e foi ao seu encontro, beijando-o num cumprimento de boa noite.

— Vou deixar vocês a sós! — sussurrou ela ao seu ouvido e saiu da casa.

Allec ignorou a presença do irmão e continuou assistindo TV.

John sentou ao seu lado e levou um segundo antes de começar a falar.

— Olha, Allec... Quero que saiba que eu disse aquilo para seu próprio bem... E se você quiser insistir nesta menina, vá em frente...

— Eu a amo John. — disse interrompendo-o sem encará-lo.

John suspirou ainda encarando seu irmão fixamente e continuou: — Com amor ou não, você sabe que esse relacionamento é perigoso pra ambos... Você pode acabar a machucando e...

— Eu sei tá bom! — Allec o interrompeu novamente, o encarando nervoso e ao mesmo tempo preocupado e continuou após desviar o olhar. — Eu... Eu vou tomar cuidado, eu não me perdoaria se a machucasse, mas não me vejo mais longe dela.

Allec voltou a encará-lo e sua expressão era séria. John suspirou mais uma vez e perguntou:

— Você já está ciente do risco que corre se você se expuser, certo?

— Sim, eu não sou mais uma criança... E prometo que tomarei cuidado!

— Eu sei, eu não sou a favor de relacionamentos com humanos, mas quero que saiba que irei me esforçar pra aceitar, ok?

— Obrigado irmão... — disse com um breve sorriso.

John retribuiu o sorriso e em seguida o prendeu com um mata leão o surpreendendo.

— E isto é por ter nos abandonado no almoço hoje!

— Ah qual é John, me larga! — rosnou tentando se soltar. ˙

— Vejo que fizeram as pazes! — Acira entrou na casa. — Fico feliz, o que acham de caçarmos amanhã para comemorar? — e puxou John do sofá, o fazendo largar Allec.

— Eu topo! — Allec disse arrumando o cabelo, que seu irmão bagunçara e levantou para ir até o banheiro.

— Eu também... — John disse bem próximo dela.

— Então está bem! — Acira ameaçou a beijá-lo, mas encostou bem perto de seu ouvido e falou bem baixinho: — Isso me excita! — e o sentiu apalpar de leve suas nádegas, com intenção de iniciar novamente o que começaram no almoço e sussurrou: — Aqui não. — o afastou e foi em direção à porta.

— Não saia daqui Allec, eu e Acira iremos dar uma volta. — alertou seu irmão que estava no banheiro.

— Ok... — Allec sorrira de canto, pois sabia o que eles realmente iriam fazer e esperou os dois saírem para comentar para si. — E lá vão eles de novo.

John e Acira.

CAPÍTULO 9
A Caçada

Era madrugada. A temperatura estava a quase -2°C e a neve já decorava as casas e a floresta aos arredores de Tusneer. John, Allec e Acira eram gratos aos seus mantos de pelos grossos, descendentes de longas linhagens, que protegiam a gordura e não deixavam que a baixa temperatura os afetasse. Uma manada de bisões migrava pela região e a matilha conseguira apanhar um dos jovens, sendo uma noite de fartura.

— John, não se mova! — Acira gritou.

— Que foi? — perguntou e ficou imóvel.

Ela se aproximou hesitante, como se fosse surpreender uma presa, o lambeu na bochecha e saiu mastigando algo rindo. — Tinha um pedaço em você!

— Como ousa a rir e se aproveitar de seu alpha! — ele a derrubou no chão em gesto brincalhão e começara a puxar sua orelha. Ela o empurrava com as patas traseiras e o mordia em sua pata esquerda.

Allec, John e Acira.

— Aí qual é vocês dois! — Allec disse empurrando John, que caíra ao lado de Acira. — Vocês estão em cima da comida!

— Desculpa Al. — respondeu ambos. Os dois se entreolharam e John começou a lambê-la no focinho, limpando os vestígios de sangue. Acira retribuiu o carinho, esfregando sua cabeça no pescoço dele.

Os três devoraram o jovem bisão, sobrando apenas os restos grudados aos ossos, para algum animal carniceiro. Acira começara a morder e avançar contra Allec com intenção de derrubá-lo, mas ele se esquivava e retribuía os gestos. John, deitado próximo a uma raiz, apenas observava a brincadeira, que mais parecia uma dança entre os dois, mas em um instante escutaram algo na floresta e todos olharam na mesma direção.

John se levantou e começou a farejar, enquanto o silêncio predominava, sussurrou:

— Caçadores... — suas orelhas e focinho ficaram inquietos, farejando três direções. — Temos que ir agora! Estão em grande número e estão próximos... Rápido!

Acira e Allec obedeceram e correram, John foi logo atrás deles que pararam.

— Pra onde iremos John? — perguntou seu irmão.

— Pra longe, não parem! — e saiu na frente guiando-os.

— Vamos para os rochedos! — gritou Acira. — Precisamos encontrar algum local pra nos escondermos! A neve irá atrasá-los.

John assentiu.

Allec seguia o alpha da matilha, mas sentiu um cheiro familiar vindo em direção a eles, que chamou sua atenção. Quando estavam próximos a um riacho parcialmente congelado, ele viu John e Acira prestes a atravessá-lo, na intenção de cobrir os seus rastros, mas hesitou em segui-los. Retornou 300 metros pela trilha que deixaram, escalou uma árvore e se camuflou no topo dela. O curioso cheiro que sentia se aproximava rápido, até que avistou os faróis da caminhonete esportiva, que estacionara a 100 metros do riacho.

Ao atravessarem o riacho, John notou que apenas Acira saíra da água. — Allec?

— O quê? Ele estava bem atrás de mim...

— Maldita adolescência... Ele deve estar do outro lado.

— Por que ele faria isso? — perguntou assustada.

— Ele sempre teve curiosidade sobre eles... Deve ter aproveitado a oportunidade.

— Vamos voltar então... — Acira disse voltando a entrar na água.

— Não, espera Acira! — John encheu os pulmões de ar e uivara para seu irmão, mas não obteve resposta. — Vamos dar a volta e encontrá-lo, mas com cuidado, pois deve estar próximo dos caçadores, por não ter respondido.

— Câmbio, aqui é a "armamento", na escuta "equipe de extermínio"?

Allec tinha farejado duas fêmeas e uma delas emanava o cheiro, que ele não conseguia assimilar a quem pertencia, por estar nervoso. A mulher no volante chamara pelos codinomes no walk talk novamente, enquanto a outra parecia revirar alguma bolsa.

— Câmbio, contato auditivo confirmado no perímetro, iremos montar plantão próximo ao riacho! — a mulher afirmou para a pessoa do outro lado da linha.

Allec desceu lentamente da árvore, para evitar o máximo de barulho possível e se aproximou pelos arbustos. Observou uma jovem sair do automóvel, dona do cheiro que o atraía até ali. Ela mexeu na traseira da caminhonete e montara uma armação para um rifle, acima do teto da cabine do carro. O coração de Allec ficou tão acelerado pela surpresa quando a reconheceu, que começou a respirar como um asmático.

"Je-Jenny... Então você é uma... Evi!", pensou ficando em silêncio e acalmando a crise respiratória, não sabendo o que pensar ou o que deveria fazer naquele momento. Tentou ir até ela, mas logo desistiu, pois na forma em que se encontrava ela não o reconheceria e seria muito perigoso. Fixou seus olhos nela e notara que ambas ficaram em silêncio. "Você não é uma assassina... Eu sei disso!", pensou lembrando-se dos momentos em que passara com ela. Jennifer utilizava óculos de visão noturna e mirava o rifle para o outro lado.

De repente ela efetuou um disparo e um som estrondoso dominou o ambiente e foi logo carregando o rifle, que manejava com destreza. Allec não conseguia se mover, porque pela primeira vez sentia medo dela e não acreditava, que ela seria parte do seu pior pesadelo.

———————— ||| ————————

— Acira! — John parou bruscamente e foi até ela, que havia sido atingida e caíra no chão, com seu ombro sangrando. — Acira... Por favor, aguente firme!

— Estou bem John, não se preocupe... A bala atravessou.

— Graças a Deus... — ele lambeu o local da ferida. — Consegue andar?

— Acho que sim.

— Então vamos, estamos próximos, estou sentido o cheiro dele. — John a ajudara levantar, empurrando-a com o focinho. Quando foi dar início a corrida, ele ouvira outro disparo, empurrou Acira para o outro lado e desviou por muito pouco. Farejou na direção do tiro e avançou furioso. Seja lá quem tivera disparado, iria dilacerá-lo.

Mais alguns tiros vieram em sua direção, mas John conseguia vê-los perfeitamente, vindos das atiradoras na caminhonete a algumas dezenas de metros e se esquivou de todos. Ele não sabia quem eram, devido aos óculos de visão noturna, que atrapalhava visualizar os rostos, mas jurou pra si arrancar cada pedacinho da carne delas. Esperou atrás de uns arbusto, até elas recarregarem as armas para se aproximar. Focalizou em atacar a que estava acima do carro, com seu rosto grudado ao rifle, se posicionando novamente para atirar. Aproveitando a pequena brecha, John correu como um foguete, cortando a distância entre eles de 30 metros em alguns segundos. Faltando poucos metros de cravar suas garras na humana, Allec surgira e o empurrara, fazendo-o cair de cara na neve.

— Fujam! — gritou Allec de costas para as humanas.

— Saia da frente! — John rosnou furioso, se preparando para avançar novamente e ficou indignado ao ver seu próprio irmão, defendendo aqueles seres, que os queriam mortos.

— Se quiser pegá-la, terá que passar por m...

John não o deixou terminar e avançou em seu ombro. Allec começara a mordê-lo também e ao mesmo tempo tentava segurá-lo. John o chacoalhava para que o soltasse, como se fosse um brinquedo. Escorria muito sangue de ambos, que pareciam decorar a neve em uma pintura abstrata.

Jennifer ficara em choque e estremecera de medo dos lobos enormes e ainda mais falantes, pois era a primeira vez que via tão de perto e com vida. Enquanto o carro se afastava, ela olhou para trás, observando os lycans brigarem entre si. Sua mãe gritou de dentro do carro, perguntando se estava bem e ela apenas assentiu, sem desgrudar os olhos da direção dos lobos, que já haviam sumido de sua vista. Jennifer ficou mais apavorada pela voz daquele lobo ser familiar e o porquê dele a estar protegendo, sendo que se tivesse notado a presença dele, o teria eliminado.

Enquanto a caminhonete se afastava, Allec conseguira desequilibrar John e o derrubar quando ele tropeçara em um buraco. O abocanhara no grande volume de gordura, localizado logo atrás das orelhas e parecia estar grudado a John. Recebia mordidas por todo o corpo, mas mesmo assim não o largaria. Mesmo no chão, John pegara um impulso e empurrou seu irmão com as patas traseiras, levantando todo o quadril de Allec. Sem o apoio do chão, Allec perdera o contato com o couro de John e fora lançado contra uma árvore. John se recuperava da luta, nenhum deles sentia dor, por estarem transbordando adrenalina. Disparou em direção as humanas, que não eram mais visíveis, mas algo interrompera sua corrida. Allec o havia mordido em sua pata traseira e o segurava firme.

— O que está pensando? Elas vão fugir! Me larga seu idiota! — foi morder seu irmão no pescoço, mas Acira apareceu e ficou sobre Allec.

— John acalme-se... Você está perdendo a cabeça! — gritou Acira.

Allec resmungou algo incompreensível, pois ainda segurava a pata traseira de John, todo ensanguentado.

— Não me peça para me acalmar, você quase foi morta Acira! — John rosnou se libertando de seu irmão, que o soltou imediatamente após lhe direcionar outra mordida.

— Sim, mas estou bem... Daqui a algumas horas estarei curada... — disse se aproximando e começou a lamber o sangue atrás de sua orelha para acalmá-lo.

— Mesmo assim...

— John, você não é assim, nós nunca matamos humanos antes... Por que agora? — rosnou Allec.

— Calado... Você não iria entender...

Os três olharam para uma direção, ao escutarem passos e galhos quebrando a algumas centenas de metros.

— Temos que achar um lugar seguro, depois conversamos... — comentou Acira.

Jennifer e sua mãe fizeram um retorno, depois de alguns quilômetros do riacho e alertara seu pai pelo walk talk sobre o aparecimento dos lycans. Pedira para tomar cuidado, pois elas não sabiam mais da localização dos lobos.

Marcus analisava agachado o local em que os lycans haviam lutado. Acompanhado de mais quatro homens fortemente armados. Parou quando um farol de automóvel se aproximava e comentou entre os homens:

— Eles tiveram uma briga feia bem aqui... Parece haver uma matilha de três ou quatro membros... — disse se levantando e indo até a caminhonete, que acabara de estacionar.

— O que os levaria a brigar em plena fuga? — perguntou outro homem.

— Liderança, comida, uma fêmea? Sabe-se lá, são só animais burros. — comentou outro.

— Você está enganado. — disse Eleonora ao sair do carro e continuou: — Estamos lidando com os de "linhagem pura".

— Como sabe? São todos iguais e estes estão quase extintos graças a nós. — disse um dos homens que se apoiara em sua arma e sorria.

— Tem certeza? — perguntou Marcus lançando um olhar preocupado para sua mulher e filha.

— Se duvida Jennifer pode confirmar...

— É verdade... Eles falaram e tinham total conhecimento de seus atos. — Jennifer disse hesitante.

Os de "linhagem pura", eram os lycans que já nasciam como "monstros" e que tinham total controle de sua consciência, podendo se transformar com ou sem o ciclo da lua cheia, ao contrário dos que eram transformados, que saíam desgovernados, matando qualquer ser que surgisse em seu caminho. Os puros também eram mais fortes, ágeis e inteligentes. Grande parte destes geralmente eram os alphas de uma alcateia, mas há muito tempo muitos deixaram de transformar humanos devido as suas leis, para evitar o caos entre as espécies.

Marcus sorriu e olhou para seus companheiros de caça e comentou: — Quem diria amigos, pelo menos desta vez teremos um pouco de diversão, porque já faz anos que não temos uma caçada de verdade.

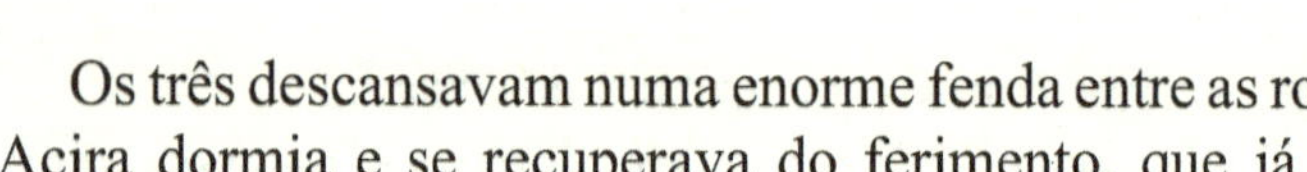

Os três descansavam numa enorme fenda entre as rochas. Acira dormia e se recuperava do ferimento, que já tinha cicatrizado. John ficou ao lado dela e depois de um tempo que ela adormecera, sentou-se ao lado de Allec, que estava de tocaia perdido em seus pensamentos.

"Jenny... O que devo fazer? Eu ainda a amo."

— Al... Me desculpe por antes... Eu perdi a cabeça...

— Está tudo bem... — Allec disse e desviou o olhar.

— Não está não, eu quase machuquei você pra valer... É que na hora eu fiquei com tanto medo de perdê-la, que acabei descontando toda a raiva que sentia daquelas caçadoras em você... Peço perdão irmão.

— Não esquenta mano, só me prometa que não vai atacar nenhum humano novamente, como quase o fez hoje.

John olhara para Acira por alguns segundos e voltou a encarar seu irmão, suspirando antes de dizer:

— Eu preciso te contar uma coisa... Lembra aquela vez em que fui baleado na fazenda e eu havia caçado uma lebre para me recuperar?

— O que tem isso?

— Eu saí com uma mulher naquela noite, mas acabei perdendo o controle e... — John abaixou as orelhas e desviou o olhar antes de dizer. — Eu a matei...

Allec se levantou e o encarou com um olhar de espanto e recuou um pouco. — Como você pôde John? Então os lobos que mataram aquela turista nos jornais, eram nada mais nada menos do que você! — Allec rosnou mais alto. — Como você teve coragem?

— Eu não consegui me conter e eu estava enfraquecendo devido ao ferimento. — John ficou aflito ao revelar a verdade a seu irmão.

— Basta! Eu não quero ouvir mais nada, este não é o irmão que eu conhecia. — Allec rosnou indignado, sentia-se traído e saiu correndo.

—Allec! — John gritou, mas ele não parou e rosnou: — Droga!

— John? — Acira havia acordado. — Está tudo bem?

— Me desculpe te acordei...

Acira se levantou e sentou-se ao lado dele e perguntou:

— O que houve?

— Contei a ele Acira... Contei que eu sou um assassino! Ele não irá me perdoar...

— Não diga isto, ele é seu irmão, só deve estar um pouco confuso, mas pelo menos você não mentiu pra ele... Vá atrás dele John, eu ficarei bem.

— Tem certeza?

— Claro. — ela esfregou seu rosto no dele.

— Certo... Voltarei logo.

John farejou seu irmão a mais ou menos um quilômetro do esconderijo.

— Vá embora John, me deixe sozinho! — gritou Allec, que certamente já o farejara se aproximando e devia estar se escondendo atrás de alguma raiz no chão.

— Isso eu não posso fazer... Eu prometi que sempre tomaria conta de você! — afirmou John em um tom calmo e protetor.

— Eu não consigo acreditar que você teve coragem de tal ato... Eles são semelhantes a nós!

— Agora você me entende o porquê eu sou contra aos relacionamentos com eles... — John suspirou antes de continuar e tentou se explicar. — Eu não pude evitar, foi algo mais forte que eu... Fiquei apavorado no momento em que percebi que ela não mais respirava... E também fiquei com medo de te dizer a verdade.

— Você sujou o nome de nossa família! — Allec rosnou furioso e ainda permanecia-se escondido. — A mãe e o pai estariam furiosos com você agora, pois somos de linhagem nobre e jamais mataríamos um humano, exceto em legítima defesa!

— Sei disso, mas assim como qualquer ser vivo, eu aprendi com um erro e nunca mais o cometerei de novo, pois eu tenho a Acira agora... E só peço que... Por favor me perdoe.

— Você promete? Nunca mais machucar um humano? — Allec saiu do esconderijo e encarou John.

— Se é o que você deseja eu prometo!

— Então tenho uma condição John... Você aceitará e conhecerá minha namorada, que é uma mera humana!

— Está bem! — John começara a caminhar. — Vamos pra casa agora, os caçadores já devem ter recuado...

Allec pegou velocidade, o derrubou na neve e saiu em disparada enquanto gritava:

— Isso é por ter mentido pra mim!

— Hey... Você me paga por essa! — e correu atrás de Allec.

CAPÍTULO 10
Jennifer

Eram aproximadamente 15h00. John, Allec e Acira estavam na lanchonete, que ficava próxima à residência da matilha, a mesma que almoçaram outro dia, em que Acira e John viram Jennifer à distância. Allec sentia-se nervoso e não parava de olhar e batucar seu celular em sua mão. John e Acira sentaram-se de frente para Allec e observavam o ambiente. Acira notou que ninguém olhava e começou a morder de leve a orelha de seu parceiro, escondida pelos fios negros. Os três ficaram em silêncio, até que tocou o celular de Allec com uma mensagem.

— É ela? — Acira perguntou.

— Sim! — Allec sorriu e olhou ao redor, até que avistou Jennifer do outro lado da lanchonete. — Vou buscá-la, por favor, seja gentil John!

— Pode deixar! Eu sei ser gentil quando eu quero. — disse enquanto Allec se afastava, levando um olhar malicioso pra Acira, que lhe dera uma cotovelada.

— Comporte-se querido! — afirmou Acira rindo.

— Era eu que estava te provocando agora a pouco né?

— Quero que conheçam minha namorada... — disse Allec chamando a atenção dos dois, que se levantaram no mesmo instante. — Jennifer, este é meu irmão John e sua namorada Acira.

— Prazer em conhecê-la. — John beijara a mão dela.

Jennifer ficará vermelha pelo gesto inesperado e encantada pela semelhança em que ele e Allec compartilhavam.

— O prazer é todo meu!

— Prazer em conhecê-la, querida! — Acira a abraçou, como se já a conhecesse.

— Igualmente! — Jennifer retribuiu o abraço, mesmo sendo tímida.

Allec mostrou o lugar para Jennifer e todos se sentaram.

— Dizem que o lanche daqui é delicioso! — afirmou Jennifer.

Allec e Acira assentiram, enquanto John fazia sinal para a garçonete atendê-los.

— Estou muito Feliz em conhecê-los, de verdade... Allec sempre fala muito bem de vocês. — comentou Jennifer.

— Que bom, senão eu puxaria a orelha dele! — Acira fez um gesto de estralar os dedos, como se fosse uma ameaça, porém de brincadeira.

Jennifer sorrira com o gesto de Acira. Depois que todos fizeram seus pedidos, enquanto aguardavam John perguntou:

— Eu sei que não é muito legal perguntar isso logo de cara, mas fiquei curioso, quantos anos você tem Jennifer?

— Tenho 16.

John olhara para seu irmão em seguida.

— Quem diria que conseguiria uma linda mulher mais velha, pivete! — John disse pra zoar seu irmão.

— Eu não sou mais criança e só sou um ano mais novo! — disse lançando um guardanapo limpo em John, que o pegara no ar e o lançara de volta.

— Não ligue pra eles querida, esse aqui si diz mais velho, mas se comporta como um bebê às vezes! — Acira sussurrou pra Jennifer e ambas sorriram.

— Hey, o que estão cochichando da gente? — perguntou John.

— Nada! — Acira riu.

— Nada, hum? — John pegara nas mãos dela e a puxou pra si. — Não me obrigue a fazer aquilo... — disse com um sorriso malicioso, que foi interrompido por Allec, que pigarreou de maneira a chamar a atenção dos dois.

— Os lanches chegaram... — comentou e ajudou a garçonete a distribuir os pratos na mesa.

Jennifer soltou um breve sorriso, pois John e Acira formavam um casal divertido e simpático.

— Vocês formam um belo casal, há quanto tempo se conhecem?

Os dois se entreolharam e Acira respondeu:

— Desde que este jovem usava fraldas... — apontou para Allec.

— Nossa! E estão juntos desde então? — perguntou admirada.

— Bom, o destino nos separou por um longo tempo, mas voltou nos unindo com tudo, não é amor? — Acira disse olhando para John.

— Uhum... — respondeu de boca cheia e já devorava o lanche acompanhado por Allec.

— Muito bacana! — Jennifer respondeu.

— E vocês dois, onde se conheceram? — perguntou Acira.

— Foi no nosso primeiro dia de aula, Allec foi muito gentil comigo e me apresentou os lugares da escola...

— Não conhecia esse seu lado meigo Al... — disse Acira.

— Nem eu... — John riu.

— Não é pra tanto também, soa esquisito desse jeito. — Allec respondeu envergonhado.

E todos riram. Permaneceram na lanchonete por mais duas horas, até que o pai de Jennifer mandara uma mensagem, dizendo que havia vindo buscá-la. Ela despediu-se de John e Acira na saída da lanchonete e seguiu com Allec até a caminhonete, que estacionara do outro lado da rua. John mesmo sem enxergar a pessoa no volante, por causa do insulfilme, levantou a mão direita em cumprimento ao pai de Jennifer, que buzinou em resposta e partiram assim que o casal de adolescentes entrou no carro. Allec passaria a tarde junto da namorada.

Enquanto caminhavam de volta para a casa, Acira perguntou:

— O que achou dela?

— É uma garota muito interessante e simpática!

— Então gostou dela?

— Mesmo eu sendo contra, Allec merece ser feliz, então, se os dois se dão bem...

— Eu também gostei dela! — Acira riu, mas notou que John ficou pensativo e perguntou: — O que foi John?

— Tenho a impressão de já ter sentido o cheiro dela, mas não me recordo de onde...

— Deve ser coincidência... — Acira pareceu se surpreender e ficar preocupada pelo comentário de John e começou a puxá-lo. — Vem, vamos pra casa, tenho uma surpresinha pra você!

— Mal posso esperar para saber o que é!

Já na casa, os dois entraram se agarrando e Acira o levou até o sofá. Permaneceram se beijando, até que Acira o afastou e pediu:

— Por favor, feche os olhos John e não abra até eu mandar! É uma surpresa.

— Ok... — respondeu e a sentiu afastar-se por alguns metros e pegar algo dentro do armário. Alguns minutos depois ela começou lambê-lo em seu pescoço. — O que está aprontando desta vez Acira? — perguntou ficando excitado.

— Não abra os olhos ainda... Você vai gostar... — disse entre as lambidas.

Num instante sentia tesão, mas que se disseminou ao sentir uma picada em seu pescoço. Abriu os olhos de surpresa e Acira estava acima dele, com um olhar desgostoso e seus olhos lacrimejando. Sentiu seu corpo ficar dormente, começando a tremer e questionou com a voz fraca:

—A-Acira? O... O que você... Fez comigo?

— Injetei uma pequena dose de wolfsbane, mas não se preocupe...

— O-O quê? — John sentiu suas forças se esgotarem e só não caíra pra frente do sofá, porque Acira o segurou.

— Shhhh... Está tudo bem.

Antes de desmaiar, John a ouvira sussurrar, enquanto limpava os vestígios de lágrimas:

— Me desculpe John...

Jennifer e Allec.

CAPÍTULO 11
Escolhas

O ambiente estava abafado e cheirava a suor, mas o fedor de tabaco predominava sobre todos os outros. John tentou mover os braços, mas seus membros ainda estavam fracos e dormentes. Sua visão começou a clarear e sentiu-se como se estivesse sendo observado. Logo percebera os fios em volta ao seu corpo, que o prendia em uma grade a alguns centímetros do chão. Os vultos tomavam forma e questionou em um sussurro:

— Quem são vocês? E por que estou amarrado?

— Olá amigo. — disse Marcus sorrindo. — Sinto muito por isso, mas não podemos deixá-lo solto por aí, pois sabemos o que você é...

— Do que está falando?

— Não se faça de desentendido, você é a criatura que vem aterrorizando estas bandas, você é um lobisomem e uma das vítimas foi o irmão deste homem. — Marcus apontou para Robert, que lhe lançava um olhar de ódio.

Confuso com a situação, John percebeu o sinal sutil de Marcus pra Robert, que começou a se aproximar lentamente. Apenas a alguns centímentros de distância, John rosnou para o homem em alerta, que o ignorou e o surpreendera com dois socos no rosto e o terceiro direcionara ao estômago. John, após absorver a dor, rosnou novamente e começou a se transformar, seus olhos e presas já eram visíveis e recebera uma perfuração em seu abdômen, pois Robert possuía uma faca. — Garghhhh — John gemera de dor.

— Já chega! — Marcus ordenou e Robert se afastou, limpando o sangue da faca com um tecido, que tirara do bolso da calça.

⦚ 127

John furioso, cuspiu o sangue que se acumulará em sua boca o mais longe que pôde, mirando nos caçadores. Soltara um sorriso sutil e começou a se mover em sua transformação, por sorte não tivera nenhum órgão vital perfurado. Mas fora surpreendido por uma sequência de choques, ao tentar romper os fios conectados a algum tipo de bateria, que o fez parar de reagir e voltar ao normal.

Marcus sorrira, se agraciando com a cena de seu prisioneiro.

John ofegava, devido à recuperação, que se iniciara e perguntou:

— Como me encontraram?

— Isso foi fácil, as mortes de todas as suas vítimas, foram um indicador de que não eram lobos comuns e também contamos com a ajuda de uma amiga sua. — disse olhando para a porta. — Podem trazê-la! — ordenou e Acira entrou sendo empurrada por um homem alto e ao encontrar o olhar surpreso de John, desviou deles.

— O que diabos está acontecendo Acira? — John gritou, mas ela permaneceu em silêncio.

— Você caiu direitinho... — o homem foi até ela, que não conseguia olhar para John. — Ela nos levou até você!

— Quer dizer então, que desde o início você esteve do lado deles? — John perguntou indignado e rosnou. — Como pôde se juntar a eles?

— Onde elas estão? — Acira questionou secamente Marcus, com um olhar frio e ignorando John, forçando ao máximo para controlar suas lágrimas, pois o amava e a imagem dele preso e ferido a torturavam.

— Eu as entregarei assim que cumprir nosso trato!

— Eu já cumpri, o irmão dele não é uma ameaça... Você prometeu fazer uma troca...

— Já que insiste... — Marcus lançou um olhar para um dos homens na porta, que saiu e voltou com uma caixa alguns minutos depois. Abriu-o em cima de uma mesa, retirara um jarro bem esculpido com uma tampa e o entregou a Acira.

— O que é isto? — perguntou assustada.

— Como prometido... Estão aí!

— Você não pode estar falando sério... — ela deixou escorrer uma lágrima. — Eu as vi ontem pela câmera.

— Sinto muito em dizer, mas era uma gravação... Estes são os restos mortais delas... Elas adoeceram durante o "tratamento" há algumas semanas e não resistiram. — disse enquanto acendia um cigarro.

Acira abraçara o jarro e começou a chorar. — Mentiroso... — ela sussurro e apenas John conseguira ouvir. Se abaixou e encostou o jarro no chão com cuidado. — É raríssimo adoecermos... Aposto que você mesmo as matou! Seu... Seu desgraçado! — ela começou a dar sinais de que iria se transformar e com o silêncio da sala, se escutavam os ossos estralando.

— Acira cuidado! — John gritou tentando se soltar, ao notar que ela também era uma vítima dos caçadores.

Marcus fizera um sinal positivo com a cabeça para um dos homens, que cercavam Acira. Para o homem que possuía uma faca, Acira estava à distância de meio metro. Porém, depois que acertara inofensivamente o espaço vazio de onde ela deveria estar, ele mal pode perceber quando ela explodiu para cima, girou o corpo no ar e caiu atrás dele, desferindo-lhe um chute potente, como uma vingativa marreta de ferro. Ela fora em direção a Marcus, mas ele a surpreendera ao retirar um pequeno bastão cilindrico de um dos bolsos e ao apertá-lo, começou a liberar fumaça contendo wolfsbane e o cheiro à fez ficar zonza. Com a brecha, um dos homens a golpeara no estômago.

— Amarrem-na junto ao outro... — Marcus ordenou enquanto se retirava e ao passar por ela, pegou em seu queixo e disse: — Trato é trato querida... Você não cumpriu o seu.

— Desgraçado! — ela resmungou como se estivesse sonâmbula, sendo segurada por dois homens e foi presa ao lado de John, que gritou:

— Hey, seu covarde! O que pretende fazer conosco?

— Tenho planos futuros pra vocês dois, não vem ao caso agora.

— Cretino!!! — rosnou John, enquanto tentava se transformar novamente, mas fora impedido pelos choques.

Acira corria em um campo florido acompanhada de suas irmãzinhas, que eram gêmeas. Sentiam-se felizes, até que suas irmãs foram surpreendidas por uma rede e arrastadas até a luz forte de um helicóptero.

Ambas gritavam pelo nome de Acira em pânico.

Acira começou a correr na direção delas, mas quanto mais se aproximava, mais distantes ficavam. — Não! Esperem por favor!

— Acira, acorde!

— Charlotte... Lirya? — resmungou baixinho, enquanto recobrava a consciência.

— Acira...

Ela olhou para o lado, John ainda encontrava-se amarrado e apenas os dois estavam na sala agora.

— Me perdoe John... — ela começou a chorar. — Eu fui uma tola ao confiar neles e por minha causa você está preso e ferido.

John permaneceu em silêncio. Suspirou profundamente e desviou o olhar, pois ainda sentia-se ferido por dentro, devido à apunhalada que ela lhe dera ao enganá-lo.

Acira o encarava fixamente, imaginando o que ele estaria sentindo e tentou se explicar. — Minhas irmãs e eu éramos as únicas sobreviventes do massacre, mas eles as capturaram enquanto eu caçava. Chantageavam-me há meses, aqueles desgr... — ela foi se mover de ódio e fora eletrocutada. — Arghhh.

— Não se mova... — John disse voltando a encará-la. — Sinto muito pelas suas irmãs.

— Obrigada... Você me perdoa?

— Por que mentiu pra mim Acira? Eu estaria disposto a dar minha vida por você, até poderíamos ter bolado algum plano para salvar suas irmãs, juntos... Mas pelo jeito não a conheço tão bem quanto eu imaginava...

Acira não conseguira segurar as lágrimas. — Eu sei... Não sou digna do seu perdão, mas eu tive tanto medo que eles desconfiassem, caso vocês soubessem do plano deles, que teriam nos matado em um piscar... Eles estão em todos os lugares John.

— Já chega... Por agora não quero ouvir mais nada. — disse observando o ambiente, procurando por algo e afirmou: — Precisamos sair daqui!

Acira ainda soluçando devido às lágrimas, disse: — Está bem... Mas como sairemos daqui? E pelo tempo que conheço Marcus, ele pretende ir atrás de teu irmão.

— Temos que dar o fora daqui o quanto antes e também precisamos alertá-lo. — John pegava fôlego para uivar, mas foi interrompido por uma voz doce.

— Por favor, não faça isso.

John olhou na direção da voz e rosnou. — Você?!

— Se uivar e o avisar, Marcus fará da maneira mais fácil, encurralando-o. — disse Jennifer se aproximando.

— Meu irmão está correndo perigo!

— Eu sei. Eu vim ajudar. — disse tirando do bolso uma faca de prata. — Se não o alertar ele fará uma caçada, dando a Allec uma chance de sobreviver.

John rosnou quando ela chegou mais perto.

— Calma... Eu não vou machucar vocês... É só cortar este fio e vocês estarão livres. — disse enquanto cortava o fio, que ligava a bateria.

Ambos caíram ajoelhados ao mesmo tempo e ao sentir o chão, John avançara no pescoço de Jennifer com seu braço direito, a encurralando na parede.

— Me convença a confiar em você!

— Ele... — ela resmungou tentando se soltar dos braços de John.

— Calma John, de todos aqui, eu acredito que ela seja a única que tenha compaixão. — Acira disse tentando puxá-lo.

— Ele... Deu-me isto. — disse retirando um colar com pequenas penas, feito por Allec, que usava diariamente por baixo da roupa. Sua mãe dizia que lhe traziam sorte. — Só estou retribuindo um favor, pois ele me salvou uma vez.

John a soltara e pegara o colar de sua mão. Acira aparou Jennifer antes que caísse no chão.

— Me desculpe... — disse John.

— Tudo bem... Temos que correr.

— Tem alguma ideia para onde estão indo? — perguntou Acira.

Ela apenas acenou positivamente com a cabeça.

Após serem libertados, Jennifer os guiou até a saída de sua casa, que era um pouco afastada da vizinhança e bem próxima da floresta.

Os três combinaram um local de encontro. John e Acira cortavam caminho pela floresta, para atravessar a cidade e seguiam correndo em forma humana. Jennifer pegara a moto da família e se equipara com algumas armas.

John corria na frente e Acira tentava acompanhá-lo, mas ela não conseguia manter o passo, por estar com os pensamentos distantes. Examinava se seria o momento certo para dizer a ele o que passava em sua mente e quais palavras utilizar. "Eu preciso lhe dizer, ele tem esse direito... Caso aconteça algo eu não...", pensou e foi interrompida por John, que parou.

— Está tudo bem Acira?

— Está, por quê?

— Precisamos ir mais rápido...

— Está bem.

— Bem, vamos então. — disse ao se virar pra correr, mas Acira o segurou com as duas mãos.

— Espere... John espere, por favor...

— O que houve? Não vá me dizer que está assim, por causa do que aconteceu? Você teve seus motivos, eu entendo seu lado. Por isso peço que me conte o que está...

Ela o interrompeu falando algo bem baixinho.

— O quê?

— Estou grávida John...

❖

Allec fora até o hotel em que seu irmão trabalhava enquanto escurecia. Achou estranho também Jennifer ter faltado da escola e não ter entrado em contato. Perguntou para uma das atendentes sobre seu irmão, mas afirmaram que também estavam sem notícias de John, pois não fora trabalhar naquele dia. Allec agradeceu e se retirou do hotel. Já era noite quando Allec caminhava próximo à escola. Ficou preocupado, porque não via seu irmão desde o almoço em que lhe apresentara Jennifer e John nunca havia sumido assim. Aproximou do pátio e sentou-se no balanço, que se encontrava perto do bosque e não tinha iluminação no lugar.

"Droga John, onde você se meteu?", pensou e começou a observar a lua em sua fase crescente. "Está uma ótima noite... Eles devem estar caçando... Por que estou me preocupando? Depois de 01h00 eles já devem estar de volta...", olhou mais uma vez pra lua e pensou: "Nem pra me avisar... Desta vez passa mano, pois eu sei que você quer privacidade com a nova integrante da equipe." Levantou-se e continuou seu caminho para casa, mas ao dar o segundo passo, escutou algo perto de uma caçamba de lixo. Virou-se e viu a forma de um homem na escuridão. — Quem está aí?

— É Allec, não é?

— Não é da sua conta.

— Eu acredito que seja... — o homem disse em tom animado e os jipes que estavam quase imperceptíveis pela escuridão e estacionados perto das árvores, acenderam seus faróis.

"Como eu não percebi a presença deles?", pensou. — Quem é você? — Allec levou a mão no rosto, para proteger seus olhos das luzes e tentou reconhecer o homem, mas não conseguia farejá-lo.

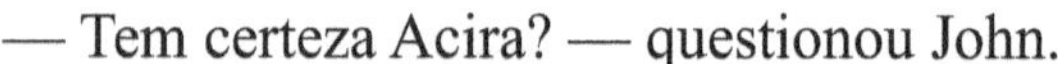

— Tem certeza Acira? — questionou John.

— Sim, eu estranhei que meu ciclo atrasou alguns dias e ontem fiz três testes de gravidez e todos deram positivos... — disse desviando o olhar e o sentiu puxá-la pra si em um abraço.

— Um bebê... Quem diria... — John comentou em seu ouvido. — Você realmente me surpreendeu agora.

— Você não está bravo?

— Tá brincando? Esta é uma ótima notícia! Pena que em uma péssima hora, pois podíamos estar comemorando agora... Só de saber que terei um filhote com você eu fico realmente feliz.

Ela retribuiu o abraço e sentiu as mãos dele em seu ventre.

— Está de quanto tempo?

— Desde que nós... Você sabe... Quando me juntei a vocês.

— Entendo, bem depois conversamos, Allec precisa de nós agora.

— Certo! — afirmou Acira e os dois correram com as mãos entrelaçadas.

— Vamos jogar um pouco Allec... Se você conseguir ultrapassar o riacho do bosque em sua forma humana, deixaremos você viver... — comentou o único homem fora dos automóveis e estava mais a frente de todos, mas Allec não conseguia identificá-lo, pois ele utilizava um aparelho para distorcer a voz.

— Do que você está falando? — Allec perguntou receoso.

— Não se faça de desentendido igual ao seu irmão, pois sabemos o que vocês são... Aberrações!

— Meu irmão? Vocês estão com ele? — Allec ficou nervoso e seus instintos o alertavam para tomar cuidado com aquelas pessoas.

— Sim e se você conseguir completar o trajeto, o libertaremos também.

— Droga... — Allec rosnou pra si.

— Você tem direito a 10 minutos de vantagem... A partir de agora. — disse o homem, que parecia sorrir pelo tom de voz.

— O quê? — Allec sem entender, deu um passo para trás e um dos homens da janela do carro, disparou um tiro próximo ao pé dele, que o fez correr.

Allec corria com todas as forças e também estava apavorado. Depois de adentrar o bosque, correndo em uma direção oposta daqueles homens, sentia uma vontade enorme de se transformar, mas sabia que se o fizesse, seu irmão poderia estar em risco. Farejava o cheiro do riacho, que se aproximava, só achou estranho não ter sentido os odores daqueles homens.

Perdido em seus pensamentos, acabou que tropeçando em um tronco e escutou uma arma carregar bem na sua frente.

— Olá lobinho, infelizmente o caminho termina aqui. — disse um homem apontando a arma para Allec.

— Não! Espera! Ele me disse que eu tinha alguns minutos ainda...

— E você acreditou? — perguntou Robert com um sorriso estampado no rosto.

Allec entrou em pânico e se arrastou até encostar-se a uma árvore e ouviu outra arma carregar atrás do homem.

— Solte a arma Robert! — ordenou Jennifer com a arma na nuca do homem.

— O que está fazendo Jennifer? Seu pai não vai gostar disso... — resmungou erguendo as mãos.

— Cala a boca! — gritou e deu uma coronhada na nuca de Robert, que desmaiara e pegara a arma dele.

— Jenny... — Allec disse ainda no chão. — O que faz aqui? V-Você sabe o que eu sou?

— Eu desconfiava, mas agora tenho certeza... Eu vim ajudar, seu irmão também já está a caminho. — ela o ajudou a levantar e assim que ficou de pé, ele a abraçou e a beijou.

— Você está bem Al? — perguntou após o beijo.

— Não... Por algum motivo meu faro não detectou o cheiro daqueles homens, inclusive o seu também não...

— É uma armadilha Al, em caçadas, pelo menos na maioria das vezes, nós utilizamos colares especiais para camuflar nosso odor de vocês... Mas as vezes utilizamos nosso próprio cheiro como isca... — disse Jennifer ao mostrar um pequeno colar com um vidrinho e líquido lilás e afirmou: — É essência de wolfsbane!

— Agora faz sentido... Mas como me encontrou?

Ela não respondeu e desprendeu algo do tamanho de um botão pequeno, do bolso traseiro da calça dele.

— Com isto! É um rastreador.

— Desde quando você... — disse encabulado e foi interrompido por uma voz.

— Saia da frente Jennifer... — disse um homem se aproximando com uma espada de prata e observando Robert no chão.

— Não posso fazer isto... — disse ficando na frente de Allec.

— Se afaste dele, ele é perigoso! — afirmou o homem, um amigo de seu pai.

— E nós não somos?

— Se não irá sair... — disse pegando um revólver.

Jennifer gritou de susto ao sentir Allec a agarrar pela cintura e foi tomando impulso nos troncos das árvores, em uma velocidade sobrenatural.

— Ele está disposto a atirar em nós dois! — afirmou Allec, enquanto ainda saltava entre os galhos.

Jennifer o abraçou com força, pois tinha medo de altura.

— Jenny? Você está bem?

— Só me avise quando chegarmos ao chão! — respondeu com os olhos fechados e seu corpo tremendo.

Após se afastarem daquele caçador, ela sentiu um forte impacto de Allec com alguma coisa e parou de se mover, mas ainda de olhos fechados, manteve-se grudada a ele, que a tocou suavemente enquanto dizia:

— Tá tudo bem Jenny, pode abrir os olhos, já estamos no chão.

Jennifer abriu os olhos lentamente e o soltou.

— Quem diria que você teria medo de altura! — Allec afirmou rindo.

— Não tem graça! — Jenny deu um soco de leve no ombro dele e cruzou os braços com um olhar de desaprovação.

— Desculpe, não pude evitar... — Allec se ajoelhou e ficou de costas para ela. — Suba, assim ficará mais confortável.

— Tá bem... — disse montando nas costas de Allec e continuou: — Mas vamos pelo chãooooooo... — ela gritou novamente ao ser interrompida pelo salto que ele dera e pulava pelos galhos mais grossos. — Allll!!!!!!!! Assim você irá me matar! — disse grudando no pescoço dele e fechando os olhos. Com tudo escuro, ela apenas escutava o vento uivante e estremecia ao sentir cada contato de Allec com as árvores.

— Não seja tola, eu não teria coragem.

Após dizer isso, ela sentiu que pararam de saltar e começaram a escalar para o topo de uma árvore centenária. Jenny o apertou ainda mais e ele parou de se mover. Quando chegaram ao topo Allec disse:

— Olha o que você está perdendo aqui em cima.

— Não vou abrir os olhos Allec!

— Você confia em mim?

Ela assentiu, mas ainda assim estava com muito medo. Sentiu uma das mãos dele apertar sua perna esquerda, que entrelaçava a cintura e a outra o braço direito em volta do pescoço, tentando demonstrar a ela que estava segura.

— Pode abrir, eu tô te segurando! Não vai se arrepender, eu prometo!

Jenny confiou nele, mas abriu apenas um olho e ao se virar em direção a vila, perdeu até o fôlego com a vista surpreendente, formada por toda aquela neve e ao longe avistava-se a cidade sendo iluminada por luzes amareladas, como se fossem vagalumes.

— É lindo! — ela afirmou se inclinando, esquecendo completamente, que estava nas alturas e parara de tremer.

— Viu só? Não tem porque ter medo... O medo tem o poder de limitar as pessoas... Outra hora te mostrarei mais lugares como este, mas agora precisamos ir.

— Tá bem. — ela o apertou novamente, pois o medo

voltara, mas não pela altura e sim pelo que sua família faria se o encontrasse.

Allec começara a saltar novamente e quando foi pisar em um galho, um tiro passou de raspão em sua perna esquerda. Com o susto, Allec perdera o equilíbrio e caíram de uma altura de uns 15 metros. Na queda, Allec sentiu o coração dos dois acelerar, como se fossem explodir e em uma fração de segundos, se virou rapidamente de maneira que ficasse por debaixo de Jennifer e usasse seu corpo para amortecer a queda. Envolveu-a em seus braços e a apertara com força. Jenny gritou e ambos fecharam os olhos. Após o impacto, Allec lentamente recobrava a consciência. Sentira várias pontadas, que pareciam rasgar a carne, junto de uma ardência no lado esquerdo de seu tórax. Havia fraturado alguns ossos de sua costela e um refluxo o fez cuspir sangue.

Jennifer ao recuperar-se da queda, notou que Allec tinha se ferido e logo o chamou.

— Allec? Oh meu Deus, você está ferido!

— Não se preocupe Jenny, eu ficarei bem... — disse gaguejando ao se sentar com a ajuda dela e gemia de dor.

— É o que você pensa! — afirmou Marcus se aproximando, acompanhado de mais dois homens.

Um casal que se encontrava um pouco mais afastado do riacho, para surpreender o lycan, caso o mesmo concluísse sua corrida, aguardavam notícias do grupo.

— Câmbio, qual a localização atual do alvo? — perguntou um homem através do walk talk.

— Eu ouvi um barulho na direção les... — uma caçadora comentava, mas fora interrompida por Acira, que chegou de fininho em sua forma humana e quebrara o pescoço da jovem.

O homem ao ouvir o estralar do pescoço, se virou

rapidamente e se apavorou ao ver o corpo sem vida no chão e apontara a arma para Acira, que erguera as mãos em sinal de rendição.

— Sua desgraçada... — quando foi disparar, um lobo o derrubara e começou a engasgar com o próprio sangue ao ter a garganta dilacerada. O lobo uivara triunfante.

Os gritos e uivo há algumas centenas de metros, chamaram a atenção de Marcus e de todos ali presentes.

— Saía de perto dele filha, eles estão chegando! — disse com uma arma apontada pra Allec.

— Não pai, ele não fez nada! — gritou. — E se não fosse por ele eu já estaria morta.

— Não diga besteiras! Estas criaturas não tem compaixão.

— Mentira! — Allec afirmou com a voz fraca e se esforçando para levantar.

Quando Jennifer foi ajudá-lo, seu pai aproveitou a brecha e fez sinal para um dos homens, que atirou com ele na mira, mas Jennifer estava atenta e entrou na frente, o abraçando e levando o tiro em um de seus pulmões, caindo sobre os braços de Allec.

— Nãooo... — o pai dela gritou e foi se aproximando do jovem casal, carregando a arma e apontava para a cabeça de Allec, que ficara em choque, mas logo voltou a si.

— Jenny! Jenny! — Allec chamava por ela.

— É sua culpa! — Marcus disse tremendo e chorando, preparando-se para atirar.

Allec não percebeu que os dois homens que estavam com Marcus, foram lançados longe por um lobo negro. Ele apenas fechou fortemente os olhos, se preparando para a morte e apenas pôde ouvir em alto e bom som, o seu coração batendo. Marcus disparara. Segundos depois abrira os olhos novamente, porque o caçador havia errado, devido à perfuração em seu abdômen, causado pelas garras do lobo. John retirara seu braço das entranhas do homem e o jogou no chão já morto.

— John... Acira... — Allec os chamou e perguntou, enquanto fora dominado pelas lágrimas. — Ela está morrendo, não há nada que possamos fazer?

Acira se ajoelhou ao lado deles e pegou na mão de Allec.

— Há um meio... Mas são boatos, não cheguei a presenciar se funciona.

— E qual é? Diga-me!

— O sangue de um lycan também tem poderes curativos, mas precisa escolher se quer mesmo continuar, pois ela se transformará em uma de nós, sendo ela uma caçadora...

— A-Al... — Jennifer sussurrara começando a tossir e cuspir sangue. — Obrigada por tudo... Eu te... te a...! — disse entre algumas tosses cada vez mais fracas. Os olhos dela começaram a se distanciar e suas pupilas foram se expandindo.

— Não, não, não! Jenny fique comigo! Estamos perdendo ela Acira, o que eu faço?

— Abra o local do ferimento e derrame seu sangue sobre ela, rápido!

Allec rasgou o próprio pulso com suas garras e fez o que Acira ordenou. John observava distante e vigilante.

— Faça com que ela beba um pouco também Al. — disse Acira, enquanto segurava a boca dela.

Após beber, Jennifer soltara um suspiro longo e profundo, sendo este o seu último. Sua pele começou a ficar semelhante à neve. Eles a observarão por alguns segundos, mas Allec começou a chamá-la.

— Jenny? Jenny!!! — Allec olhara para Acira e entrou em desespero. — Demora muito para funcionar Acira? — começara a tremer e apertar Jennifer contra seu corpo.

— Eu não sei... Perdoe-me, mas nunca presenciei a transformação de um humano... E... — Acira disse gaguejando e olhara para a lua. — Não sei se funciona sem a lua cheia...

Allec acompanhou o olhar de Acira. Encostou seus lábios próximos aos ouvidos de Jennifer e começou a implorar.

— Jenny... Volte para mim, por favor... Por favor... Volte... — e mais lágrimas escorreram de seu ser interrompendo sua fala e gritou: — Jenny!

Acira pegara na mão de Jennifer e também fora dominada pelas lágrimas. — Sinto muito Allec... Sinto muito. — ela se levantou esfregando os olhos, indo em direção a John, que se aproximava.

John estava anestesiado com toda aquela situação e consolava Acira em seus braços. Escutou seu irmão cochichar bem baixinho, ainda chorando e soluçando.

— Eu mereço estar em seu lugar... Droga...

Algo chamara a atenção de John ao escutar um tilintar ao contato com a neve. Seu irmão não percebera devido aos soluços e John avistou um pequeno buraco na neve, próximo ao corpo da adolescente. Supôs ser da bala, que ceifara a vida de Jennifer e pensou:

"Ela está... Se curando?", cutucara Acira e apontou com os olhos na direção do jovem casal. — Olhe Acira...

Ao se virar, Acira se surpreendeu e chorou ainda mais.

Allec perdido em seus devaneios, não notara o que acontecia e sussurrava pra Jennifer:

— Por que Jenny? Por que me deixou?

— Não deixei... — Jennifer respondera sussurrando, como se estivesse sonhando. — Eu te amo...

— Jenny!!! — Allec surpreso pela reação dela, a abraçou com força e deu vários beijos em sua testa.

— Ela ainda está inconsciente Al... — disse Acira.

Allec lançara um olhar de gratidão para Acira e John.

— Obrigado, muito obrigado! — agradeceu serrando os olhos de alívio, mas não conseguira controlar as lágrimas.

Jennifer despertara em uma cama desconfortável e em um quarto judiado pelo tempo, que cheirava a mofo. Desorientada, sentiu um calor em sua mão direita. Ao clarear sua visão, notou que era Allec, adormecido e sentado no chão. De repente teve um clarão do momento em que fora baleada e levou sua mão livre ao ferimento. Ela se assustara, por não haver nada no local e acabou despertando Allec.

— Jenny! — ele gritou ao vê-la consciente e a abraçou com força. — Me desculpe...

— Mas pelo o quê?

— Por minha culpa você se machucou.

— Não Al... — ela o afastou e o encarava agora. — Não é sua culpa, foi uma escolha minha, eu é que te peço perdão pelo que minha família fez com vocês.

— Não se preocupe, vai ficar tudo bem agora... — ele a beijou.

— O que aconteceu depois que eu apaguei? Eu levei um tiro, não foi? — desviou o olhar confusa.

— Sim... — ele levou sua mão nas costas dela e acariciou o local do ferimento, na altura dos seios. — Foi bem aqui.

Ela levou sua mão ao local também. — Mas como? Não tem nenhuma cicatriz... E há quanto tempo eu apaguei?

— O sangue de um lycan também pode ser utilizado como cura... E você ficou inconsciente por dois dias.

— Entendo... E meu pai, o que aconteceu com ele?

— Sinto muito sobre seu pai Jenny, mas ele não sobreviveu...

Jennifer tentou se mostrar forte, mas não conseguira conter as lágrimas.

— Faz um tempo que ele estava me afastando, desde que minha mãe morreu...

Allec a abraçou e perguntou surpreso:

— Eleonora está morta?

— Não, Eleonora é minha madrasta, já faz uns quatro anos... Algumas vezes ele chegava em casa alterado, por causa da bebida e me batia sem qualquer motivo... Acho que a morte de minha mãe o abalou mais do que ele poderia aguentar e me culpava.

— Sinto muito... Eu irei te proteger de tudo, eu te devo a minha vida e...

Ela o interrompeu com um beijo e disse baixinho:

— Obrigada Al, por tudo! Eu te amo!

— Eu também te amo Jenny! — disse e a beijara profundamente.

Alguns minutos depois, ela o afastou e pediu:

— Só gostaria de um favor Al...

— Qualquer coisa meu amor.

— Dizer adeus a meu pai...

Allec acenara positivamente e disse:

— Nós o enterramos aqui perto, eu te levarei lá.

— Obrigada! — ela o abraçou. — Pode me levar agora até onde meu pai está? Por favor...

— Claro, venha comigo... — disse pegando a mão dela e a guiando para o corredor.

Enquanto desciam as escadas, ela perguntou:

— Onde estamos?

— Após as montanhas de Tusneer, em uma cabana abandonada.

Os dois percorreram o restante do caminho em silêncio e após avistarem um monte de pedras, Allec apontou.

— É ali.

Ela o soltou e correu até o local indicado. Ajoelhou-se e juntou as mãos, ficando de olhos fechados. Allec achou melhor não se aproximar e ficou a observando distante.

John e Acira se aproximaram de Allec em silêncio.

— Nós teremos que partir Allec. — John falou baixinho. — Mais deles virão, não estaremos mais seguros aqui.

— E pra onde iremos?

— Não sei ainda...

— Ela está bem? — Acira perguntou olhando para Jennifer.

— Sim, ela é forte... — Allec comentou. — Vocês acham que devemos contar a ela sobre a transformação?

— Não, ainda não é a hora... — John respondeu.

— Ela virá conosco? — perguntou Acira.

— Ela precisa de mim e eu preciso dela... Irei questioná-la sobre, mas se ela desejar ficar, eu também ficarei.

— Aceitarei sua decisão irmão... Afinal você não é mais um filhote...

— Obrigado John.

Os três permaneceram em silêncio, até que Jennifer se aproximasse deles.

— Está tudo bem Jenny? — perguntou Allec.

— Sim... Obrigada. — disse enxugando algumas lágrimas.

Allec pegou nas mãos dela e perguntou um pouco afastado de John e Acira, que apenas observavam o casal.

— Jenny, nós teremos que partir desta cidade e gostaria de saber se você quer vir conosco?

— Bom, eu não tenho mais nada me prendendo aqui... E não sei se ficaria bem longe de você...

— Mas e sua madrasta? — Allec perguntou.

— Nós duas não nos damos bem, desde que meu pai a conhecera nós só brigávamos, nossa "vida normal" era apenas fachada Al, até peço perdão por ter mentido... Não tenho motivos pra viver ao lado daquela bruxa agora que meu pai se foi...

— Fico feliz que venha conosco. — comentou John interrompendo os dois. — Você faz este cabeça de bagre feliz.

— Obrigada, só preciso pegar alguns pertences antes de ir...

— Sem problemas querida. — respondeu Acira. — Vamos então, em busca de um lugar seguro para nosso filhote! — disse encarando John sorrindo e começaram a caminhar.

— Filhote? — perguntou Allec surpreso.

— Sim Al, Acira está esperando um filhote meu...

Allec tentou dizer algo, mas foi como se sua voz não saísse e acabou escorregando na neve, enquanto gesticulava com as mãos.

— Opa, calma aí garotão! — afirmou Jennifer dando a mão para ajudá-lo a levantar, mas ele a puxou e também a fez cair na neve. — AL!

— É uma notícia bombástica... — olhou para o irmão e cunhada. — Parabéns aos dois!

— Obrigado irmão... Bom, precisamos ir. — John disse e envolveu Acira em seus braços.

— Sim. — respondeu Acira.

— E vocês dois aí também! Vamos antes que congelem! — John afirmou de costas para o jovem casal.

Jennifer e Allec se entreolharam. Jenny roubara um beijo de Allec e se levantou rapidamente, correndo em direção a John e Acira.

— Hey, esperem por mim! — gritou Allec.

Gostou do livro?

Compartilhe sua experiência
com outros leitores! ;)

Facebook: /book.bloodlycan

Instagram: /book.bloodlycan

X: /book_bloodlycan

Skoob: Amanda Scopel

www.bloodlycan.com

Sobre a Autora

contato@bloodlycandesign.com
Instagram: /amandascopel.arts
Youtube: /AmandaScopel
Twitch: /amandascopel
X: /arts_digital
behance.com/amandascopel
www.amandascopel.com

Amanda Scopel

Nasceu em Salto, no interior de São Paulo em outubro de 1990. Sendo irmã gêmea de Arthur Scopel e filha de Edson Scopel e Edna Marcelina da Silva Scopel. Se formou como tecnóloga no curso Sistemas para Internet (Web design) no primeiro semestre de 2011, na universidade CEUNSP (Centro Universitário Nossa Senhora do Patrocínio). Desde pequena apaixonada por ilustrações e animais, especialmente por lobos, sendo um dos fatores que a incentivaram a escolher o tema Lobisomens para sua obra. Iniciou o hábito da leitura a partir de 2009, ano em que também decidiu iniciar a escrita de sua obra BloodLycan – a saga dos irmãos Mool. Atualmente a autora reside na cidade de Lages junto de seu marido, em Santa Catarina. A autora também é streamer gamer na twitch, além de amar assistir filmes, seriados e livros de lobisomens, dragões, terror, suspense, romance, ficção e fantasia em geral.